LA CHAMBRE
BLANCHE

Née en Algérie, Christine Jordis a étudié la littérature anglaise à la Sorbonne et à Harvard. Auteur d'une thèse de doctorat sur l'humour noir dans la littérature anglaise, elle s'est, pour écrire cet ouvrage, installée à Londres où elle a enseigné pendant plusieurs années. De retour en France, elle a été responsable de la littérature anglaise au Bristish Council tout en collaborant à divers journaux et revues (*N.R.F, Quinzaine littéraire, Le Monde*). Son premier essai, *De petits enfers*, variés a obtenu les prix Femina essai et Marcel-Thiébaut. Depuis 1991, elle s'occupe chez Gallimard de la fiction en langue anglaise.

DU MÊME AUTEUR

De petits enfers variés
Romancières anglaises contemporaines
prix Femina essai et prix Marcel-Thiebaut
essai
Seuil, « Le Don des Langues », 1989

Le Paysage et l'amour dans le roman anglais
essai
Seuil, « Le Don des Langues », 1994

Jean Rhys : la prisonnière
essai
Stock, 1996

Gens de la Tamise et d'autres rivages…
Le Roman anglais au XXe siècle
essai
prix Médicis essai, 1999
Seuil, « Le Don des Langues », 1999
et édition revue et augmentée, « Points Essais », n°E458

Bali, Java, en rêvant
essai
Éditions du Rocher, « La Fantaisie du voyageur », 2001
et « Folio », n° 4154

Promenades en terre bouddhiste. Birmanie
récit
Seuil, 2004

Une passion excentrique
Visites anglaises
essai
Seuil, 2005
réédité sous le titre
Promenades anglaises
« Points », n° P1848

Gandhi
essai
Gallimard, « Folio biographies », n° 14, 2006

Birmanie
(photographies de Michel Gotin)
beaux-livres
Seuil, 2006

Un lien étroit
roman
Seuil, 2008

Christine Jordis

LA CHAMBRE BLANCHE

ROMAN

Éditions du Seuil

TEXTE INTÉGRAL

ISBN 978-2-02-068532-0
(ISBN 2-02-055525-5, 1ʳᵉ publication)

ÉDITIONS DU SEUIL, JANVIER 2004

Le Code de la propriété intellectuelle interdit les copies ou reproductions destinées à une utilisation collective. Toute représentation ou reproduction intégrale ou partielle faite par quelque procédé que ce soit, sans le consentement de l'auteur ou de ses ayants cause, est illicite et constitue une contrefaçon sanctionnée par les articles L. 335-2 et suivants du Code de la propriété intellectuelle.

Mon intention est d'envisager dans l'érotisme un aspect de la *vie intérieure*, si l'on veut, de la vie religieuse de l'homme.

GEORGES BATAILLE, *L'Érotisme*

Ce qui est effrayant, c'est la perte du sacré dans l'humain, particulièrement dans les relations sexuelles, parce qu'alors aucune vraie union n'est possible.

MARGUERITE YOURCENAR,
« Entretien avec Susha Guppi »

Une amie

J'appris la mort de Camille un soir de septembre 1992. Par hasard, dans une conversation entre anciennes amies de faculté. Nous avions l'habitude de nous réunir une fois par an, pour échanger des nouvelles, aplanir le temps qui passe, renouer une conversation interminable qui, au fil des années, établissait dans nos vies, au-delà des événements qui nous séparaient, une forme de continuité rassurante. Ce soir-là quelqu'un avait mentionné la mort de Camille. Un accident de voiture. Elle revenait d'Italie où elle vivait depuis des années, seule et heureuse de l'être, dans la petite maison de village qu'elle avait louée.

La nouvelle de sa mort me remit en mémoire son visage, certain petit sourire mystérieux lorsqu'elle préférait se taire plutôt que répondre, sa façon de parler lente et posée, ma surprise quand un jour elle m'avait remis entre les mains un manuscrit en me disant : « Pour que vous me connaissiez mieux. » C'est l'une des dernières fois que je la vis.

Une femme étrange, Camille, assez impénétrable, et dont l'énigme constituait à mes yeux le charme essentiel. On dit qu'il ne faut pas se fier aux apparences : dans son cas moins encore que dans un autre.

J'avais fait sa connaissance par un ami commun au début des années quatre-vingt. Elle n'était plus toute jeune, la cinquantaine passée sans doute, et pourtant, plus que ses paroles ou son histoire, plutôt banale à y repenser, c'est son physique qui m'avait d'abord frappée. Non qu'elle eût, à première vue, rien de remarquable, même si elle restait assez jolie, dans le genre discret – brune avec des yeux gris-vert –, mais son regard, lui, retenait l'attention. Il était réfléchi et intense. Dans le milieu des lettres où je vis, les gens sont en général plus désireux de se faire entendre que d'écouter et de se montrer que de voir – ou alors, voir par simple curiosité, non souci de comprendre. Un tel regard, qui se posait sur vous avec calme et vous enveloppait tout entier, vous assurant d'une présence, n'était donc pas si courant. J'avais désiré mieux connaître celle qui le possédait.

Elle m'avait dit qu'elle avait longtemps vécu en province, seule auprès d'une mère âgée. À l'époque, elle enseignait, je crois, la littérature classique. Puis à la mort de sa mère, elle était venue s'installer à Paris, où elle avait trouvé un poste au ministère de la Culture – l'une de ces occupations sans danger qui vous laissent la paix d'esprit voulue pour mener votre vie –, et elle avait renoncé à l'enseignement. Elle gardait de sa vie solitaire, un peu étouffante, une sorte de réserve – comme une distance qui s'interposait entre elle et son interlocuteur et lui ménageait un temps de réflexion dans le dialogue. Ce retrait à peine perceptible, j'y avais vu un trait distinctif de sa personnalité, la marque d'une pensée qui se cherchait, prenait son temps, allait en profondeur, plus soucieuse d'exprimer une vérité que de produire un effet. En public on ne la remarquait pas, elle n'avait pas d'éclat ni de vitalité particulière.

Camille avait la culture étendue des gens qui ont vécu leur enfance dans un isolement relatif, sans beaucoup de ressources extérieures ni la distraction de la télévision – à l'époque encore peu fréquente –, en tête-à-tête avec leurs livres où ils cherchaient l'aventure et l'excitation qui faisaient défaut dans la vie quotidienne. Les sensations fortes dont elle avait besoin, elle les avait trouvées dans la lecture des auteurs romantiques et des mystiques. De ces amis-là, elle me parlait souvent. À l'adolescence, de tels livres vous remuent. Certains y demeurent attachés leur vie durant : ceux qui aiment le souvenir de leur révolte et de leur exigence, ou qui ont su conserver à travers les années une attitude dont on dit pourtant qu'elle est spécifique de la jeunesse. Comme si l'âge mûr et la vieillesse n'étaient qu'une longue suite de lâchetés et de compromis. Une façon de s'accommoder de tout jusqu'à perdre ses contours intérieurs.

Et elle écrivait, notes, fragments, journal, ce récit également, qu'elle n'avait pas cherché à publier mais m'avait donné à lire en gage de confiance. Il m'avait semblé influencé par son éducation chrétienne, pétri de sexe, de mort et de culpabilité, son style visiblement inspiré de ses lectures. Et pourtant, l'intensité des sentiments qu'elle y décrivait m'avait remuée, fait envie sans doute.

Après tout, nous vivons le plus souvent dans une sorte d'ennui général, occupés, voire débordés, mais seulement en surface, distraits par l'information, qui est une forme de culture approximative, anesthésiés plus que stimulés par les nouvelles de désastres qui nous sont chaque jour déversées, si bien que nous n'éprouvons que peu de choses en profondeur, à moins d'être directement concernés bien sûr, et même alors, les sensations sont diluées, vite recouvertes. Des vies dominées par le désir que surtout il n'arrive rien, par le sentiment qu'il ne peut rien se produire que de fâcheux et que la tranquillité est le bien ultime que nous pouvons espérer. L'ennui que je ressentais était celui de toute une société dont la dernière ressource est l'ironie, la dérision permanente, appuyée sur un détachement soigneusement cultivé, lié en même temps, ce détachement – ou faudrait-il dire désenchantement ? –, à une forme d'impuissance. De plus, les quelques expériences qu'il nous est donné de vivre sont déterminées par des modes et un vocabulaire qui, loin de laisser le champ libre à nos possibilités, ont tendance, quoi qu'on en pense, à les restreindre plutôt qu'à les étendre. Ainsi les systèmes de pensée qui entourent l'amoureux contemporain ne font aucune place à l'amour – ou dévaluée. Et le langage mis à sa disposition, tel un mur l'enterre, l'oppresse et le repousse.

Aussi la liaison dont Camille livrait les hauts et les bas avec une sorte de candeur m'avait-elle fait regretter de n'avoir rien connu d'approchant. Je suis plus jeune qu'elle, c'est vrai, et mon enfance s'est déroulée dans un monde plus libre et plus facile, mais à quoi ma vie se résume-t-elle en ces instants où de nouveau je pense à elle ? Mon activité professionnelle, comme on dit ? La routine des tâches quotidiennes, les allées et venues à heure fixe, une structure en quelque sorte établie du dehors : mon métier me déleste du souci de moi-même, ce qui est important, je le reconnais. Je peux presque remplir mes journées en étant absente de moi, en « fonctionnant » en machine bien huilée, performante, tout du moins puis-je l'espérer dans mes heures d'optimisme. Et toutes ces « choses à faire » qui rythment le temps, en expulsent le sentiment de vide, en atténuent l'angoisse. Des journées bourrées à craquer, un emploi du temps organisé savamment, en sorte qu'il exclut cette sensation de creux, ce flottement qui permettraient à l'interrogation de se faire jour : « Mais pourquoi tout cela ? » Tel est en fin de compte le sort des gens qui ont le bonheur de travailler, et je ne me plains pas. Je mesure au contraire ma chance, tout en me demandant parfois, sachant bien que je n'ai pas de réponse, si je suis en vie, oui, si je suis vraiment vivante. Les autres se posent sans doute la même question, ceux qui, comme moi, remplissent de leur mieux leurs divers rôles – fonctionnaires, militaires, médecins et avocats, patrons ou assistants, pères et mères de famille, époux et épouses, dans les domaines de la vie privée et de la vie sociale, puisque nous agissons en permanence sur les deux fronts, comme de vaillants petits soldats.

C'est pourquoi le livre de Camille m'avait touchée, comme l'une des réponses possibles à cette question lancinante que l'on s'efforce de repousser, le plus souvent avec succès.

Pour la retrouver une dernière fois, pour raviver son souvenir avant qu'il ne s'éloigne, j'eus envie de revenir à la copie du manuscrit qu'elle m'avait laissée. Je lus la chose suivante.

1. L'ennui, parfois nommé disponibilité

Toute la journée, après notre première étreinte, je me suis adressée à lui comme s'il pouvait entendre cette voix intérieure, reprenant, commentant nos conversations de la veille, ou lui racontant, au fur et à mesure que je les vivais, les divers épisodes de ma journée. Vers le soir, je me suis perdue en moi-même et son souvenir est devenu irréel. Je ne parvenais plus à le rejoindre ni même à l'imaginer. Ne me restait qu'un vague désir coupable.

Après l'intense activité mentale des dernières heures – activité qui, certes, manquait de diversité puisqu'elle convergeait tout entière vers un objet unique –, je regagnai ainsi cet espace blanc sans forme ni contours, sans relief ni aspérités, dénué de désagréments majeurs comme d'excitations fortes, qui était l'état où je vivais habituellement, c'est-à-dire avant d'avoir rencontré Julien.

Non qu'une chose précise m'ait manqué. Je ne souffrais pas d'être seule, j'avais des amis, peu, mais en nombre suffisant, mon métier m'occupait, qui, sans être exaltant, me plaisait, je vivais dans un cercle de gens plus ou moins littéraires, ce qui correspondait à mes goûts. Je venais d'avoir quarante ans et, si je me sentais vieille certains jours, cette impression m'affectait pourtant moins que lors de mes vingt ans. Non, rien, en apparence, ne me manquait, et pourtant l'essentiel (mais qu'était donc l'essentiel ?) était absent de mon existence.

Jour après jour la vie s'écoulait, uniforme malgré de multiples et infimes variations, et je ne m'y sentais pas véritablement impliquée. Mais dans cette impossibilité à atteindre... quoi ? je ne le savais pas, j'avais fini par trouver comme une identité.

Un état de semi-paralysie dépourvu à mon sens du moindre intérêt. Il me fallait pourtant constater qu'il inspirait à l'époque bon nombre de livres dont je devais promouvoir la lecture : combien d'ouvrages avaient pour sujet les tourments de l'écrivain face à la page blanche qui lui renvoie l'image de son propre vide, à moins encore, mais l'effet est le même, que cette page vierge ne crée en lui un vide qu'il ne surmontera, la plupart du temps, qu'à force d'exercices laborieux et assez artificiels ? Par leur abondance, ces livres qui traitaient d'une difficulté existentielle avaient fini par constituer un genre aisément reconnaissable. À mon malheur s'ajoutaient donc, non seulement la certitude qu'il s'agissait là d'un phénomène banal, mais la perspective peu réjouissante de voir mes propres efforts couronnés par un résultat que d'avance je jugeais fort modeste, tout au moins si je me fiais aux exemples qui m'étaient offerts.

Cependant, ce malaise secret n'avait pas empêché que je parvienne à une certaine autorité dans ma vie professionnelle ; dans le bureau du ministère culturel où j'avais un petit rôle, mes opinions étaient écoutées. En outre, comme je l'ai indiqué, il me conférait par sa persistance même une sorte de sécurité : celle qui nous vient de la certitude d'évoluer en terrain familier. J'avais acquis en présence des autres, non de l'assurance, certes, n'allons pas jusque-là, mais – ce que je n'appréciais pas moins me semblait-il – le don d'invisibilité. J'avais gagné assez d'autonomie pour regarder, regarder indéfiniment, sans attendre d'être vue. Et je me glorifiais d'une paix dont je savais pourtant en mon for intérieur qu'elle n'était qu'une forme de mort.

Puis un jour, ce bel équilibre auquel je me tenais tant bien que mal depuis des années fut rompu. Bien sûr ce ne fut pas aussi soudain qu'une telle phrase pourrait le laisser croire. Malgré mon désir immense de changement, je n'éprouvai tout d'abord que de la peur et un sentiment de refus lorsqu'il survint.

C'est que je n'étais nullement préparée à ce qui allait se produire. L'amour n'était pas l'événement que j'attendais. J'avais des préventions et des craintes bien enracinées, des réticences qui recouvraient comme une chape de béton un désir inavoué, auxquelles s'ajoutait une propension à la critique et à l'ironie – réaction qui dénote certain assèchement de l'être ou, tout du moins, un système de défense suffisamment exercé pour vous garder des envolées sentimentales. Sans localiser comme les Anciens le siège du désordre amoureux dans le foie ou le cerveau, ou le nommer mélancolie, selon le terme utilisé par Robert Burton, l'auteur de *L'Anatomie de la mélancolie*, livre qui m'avait amusée, je n'étais pas loin de considérer l'amour comme une maladie s'accompagnant de fièvre et de symptômes obsessionnels, une fixation exclusive de la pensée sur un être, qui vous ôte la liberté de vous intéresser au reste du monde et de vivre en paix avec vous-même, une crise violente suivie d'une convalescence plus ou moins longue, toujours douloureuse, et dont un jour enfin il ne reste rien...

Jusqu'alors j'avais compté sur mes propres ressources – c'est-à-dire sur les rencontres, l'amitié, les voyages ou les changements professionnels, dont invariablement je prenais l'initiative – pour provoquer ces renouvellements superficiels sans lesquels la vie nous devient insensible. Ce n'était là, bien sûr, que variations de surface. Quant aux moments de vraie vie – ces instants où d'extérieures les choses nous deviennent intérieures et semblent palpiter en nous –, il ne m'était que rarement accordé d'en avoir. Si toute mon existence je m'étais préoccupée de savoir comment leur trouver une continuité, de faire en sorte qu'ils constituent l'étoffe pour ainsi dire de mes journées et non des moments isolés, séparés des autres avec lesquels ils n'avaient aucun rapport, je n'en avais pas trouvé le moyen. Autant que je puisse en juger, leur surgissement n'était relié ni aux circonstances ni à mes efforts. Et l'amour ne me semblait pas être le moyen de les susciter ou les multiplier.

Dans les tout premiers temps de nos rencontres, s'étonnant de mon recul à la perspective d'une aventure que la majorité des gens accueillent et même recherchent, Julien m'avait demandé : « Mais alors, sans cela, sans cette possibilité de tomber amoureuse, comment faites-vous pour vous renouveler ? » J'avais répondu en évoquant un peu pompeusement (c'est que je commençais à perdre mes réflexes d'ironie) le malaise, la souffrance d'être, qui fait que l'on n'est jamais de plain-pied dans la vie et que, perpétuellement en quête d'un ajustement, on évite le risque, qui me paraissait si effrayant lorsque j'étais plus jeune, de s'enfoncer dans une tranquillité faite de routine et de mort. Ainsi avais-je longtemps craint comme une menace la béatitude affichée par ces mères de famille pondeuses et affairées, dont le seul titre de gloire est d'avoir satisfait aux lois de l'instinct et qui, dans leur placide contentement, ont toujours provoqué en moi un peu de répugnance et de l'angoisse. Mais une souffrance qui s'étire et se transforme en habitude n'a plus rien de stimulant, elle devient bientôt une autre forme de confort. Aussi, tout en formulant ma réponse, je sentis à quel point elle était insuffisante.

Un moment idéal

Que, dans l'existence, les vraies rencontres soient une question de moment, de coïncidences des temps, autant que d'affinités, chacun a pu le constater. La disponibilité est l'une des conditions essentielles de l'amour, de bons esprits l'ont remarqué. Ainsi, Roland Barthes : « *Le sujet est en quelque sorte vide, disponible, offert sans le savoir au rapt qui va le surprendre*[1]. »

Jour après jour, on court d'une tâche à l'autre, d'un but au suivant, tels des trains qui à heure fixe s'arrêtent de gare en gare et dont l'itinéraire ne varie pas (l'existence du jeune Werther, avant qu'il ne rencontre Charlotte, a été elle aussi décrite comme « *une sorte de bercement quotidien un peu vide* »). *La régularité du bercement endort, de même que l'habitude, c'est un risque des vies pleines et réglées. L'essentiel leur fait défaut, qui est l'élan.*

On peut imaginer un moment de l'existence situé entre l'innocence (c'est-à-dire l'ignorance absolue de soi et de l'autre) et l'expérience (qui souvent correspond à la lassitude : tout sauf retomber amoureux et être de

---

1. Cette citation est tirée de *Fragments d'un discours amoureux*, Éd. du Seuil, 1977, comme toutes les autres citations de Barthes incluses dans ce livre.

nouveau aussi malheureux), un moment idéal donc, où l'individu mûr, ayant encore peu vécu (ou pas assez, à son gré) et fatigué d'une longue sécheresse intérieure, s'est à son insu préparé à l'amour et l'attend de toutes ses forces. C'est en cette période de la vie, à distance des tâtonnements aveugles comme de l'épuisement, que se vivent, dit-on, les grandes amours.

2. La rencontre

Nous nous étions rencontrés lors d'une lecture publique, un soir à Paris. On ne peut même pas affirmer que, comme dans ces romans d'amour où tout commence par un coup de foudre, notre première entrevue m'ait laissé une forte impression : à vrai dire ce fut à peine si je remarquai Julien parmi le groupe de ses amis.

Quelques jours plus tard cependant, ayant entre-temps appris mon nom et mon adresse, il me téléphona pour me revoir, pour me parler, m'inviter à prendre un verre, ou un repas, ce que vous voudrez, avait-il dit. Était-ce de l'audace, comme il l'affirma dans la suite avec une sorte de surprise, ou simplement l'une des multiples manœuvres qui lui permettaient d'approcher sans cesse des gens nouveaux, apprenant bientôt à les connaître et à les séduire, de sorte que sa vie, loin de s'enliser dans l'habitude, bénéficiait de changements constants, d'une dose d'excitation toujours renouvelée ? J'étais intriguée, suffisamment curieuse et disponible pour accepter. Si j'interroge les années et les mois qui précédèrent cette invitation, je m'aperçois que je l'attendais, elle ou une autre, de tout mon être, même si je n'en savais encore rien.

Dès cette première conversation téléphonique, me frappèrent les inflexions de sa voix, hésitante et rapide, modulée, pressante, dont la caresse communiquait toutes les nuances de ce qu'il éprouvait. Une voix vivante. Par la suite, lorsque après des semaines de silence et de sécheresse intérieure je l'entendais au téléphone, elle me semblait résonner directement en moi, comme si c'était mon corps tout entier qui la recevait. Chaque phrase, par sa seule musique familière, sans que je cherche même à en saisir le sens, me submergeait, me débordait.

Et pourtant, je ne me rappelle pas, la première fois que je vis Julien, avoir ressenti d'autre émotion que celle d'une attente mêlée de curiosité. Rien dans son apparence n'était fait pour surprendre, rien, à première vue, n'annonçait ce mélange de douceur et d'inquiétude, ce désir sans frein de plaire qui constituaient le fond de sa nature et qui, par la suite, me semblèrent émaner de chacune de ses expressions et de ses attitudes, du moindre de ses gestes ; une sensibilité toujours en éveil, affinée à l'extrême, et que servait son évidente sensualité. Mais sans doute étais-je plus préoccupée d'analyser l'effet qu'il me produisait que de lire les expressions qui se succédaient sur son visage mobile.

Ce calme intérêt ne ressemblait en rien à l'excitation qui m'avait un jour saisie alors que, allongée sur une berge de la rivière Cam, à Cambridge, lors de lointaines vacances étudiantes, je vis, approchant dans ma direction, debout sur la pointe d'un de ces bateaux plats appelés punts, la silhouette d'un tout jeune homme qui immédiatement me plut. Au moment où je formai le vœu de le connaître, vœu dont la réalisation me semblait impossible étant donné mon extrême timidité, ce prince charmant, comme aimanté par mon désir, se dirigea vers moi et, s'asseyant à mes côtés, commença à me parler.

À plusieurs reprises, j'avais ainsi connu, non un « coup de foudre », puisque l'amour impliqué dans cette expression était absent, mais cette évidence du désir qui, telle l'électricité courant entre deux pôles, dès le premier regard touche deux êtres simultanément : un coup des sens.

Peut-être fut-ce cette insignifiance de son apparence qui tout d'abord me rassura ; qu'avais-je à faire en effet de la beauté ou d'une séduction facile, d'une assurance affichée, moi qui vivais, après des années d'abstinence, dans une prudence faite de peur et qu'une intention trop manifeste, un savoir-faire trop évident n'auraient fait qu'éloigner, accusant mon sentiment de différence ? Ce savoir-faire, que ses manières un peu indécises semblaient exclure, Julien le possédait en fait jusqu'au génie, car sa science ne reposait sur aucun « truc » vulgaire, aucune leçon apprise ; à vrai dire elle dépendait peu de l'expérience, mais plutôt d'un don d'intuition, d'une sensibilité presque divinatoire à l'autre. Et puis cette apparence discrète, peu remarquable, convenait à mon sens du secret ; elle contribua à mon impression de découvrir peu à peu ce qui demeurait caché : un charme qui me parut s'ajuster à des besoins que je ne soupçonnais pas, à mes désirs les plus intimes, alors qu'il s'ajustait, dans la réalité, à bien d'autres besoins que les miens, à bien d'autres désirs.

Rien de remarquable, je l'ai dit, ne me frappa en lui cette première fois ; j'étais trop occupée à étudier mes impressions, toutes mes facultés critiques en éveil devant un mélange d'aisance et de timidité, d'hésitation et d'assurance que je ne savais démêler. Est-ce un instinct de défense qui aiguise la lucidité jusqu'à la rendre destructrice et fait que d'emblée l'on rejette ou suspecte certains comportements ? Dès ces quelques heures passées ensemble, je le soupçonnai de rechercher volontiers l'effet, utilisant des phrases dont il avait déjà, en des occasions semblables, vérifié le pouvoir, et non de prononcer les mots qu'il aurait découverts ou réinventés dans la difficulté ou la spontanéité de chaque unique instant. Mais ces effets étaient glissés avec tant de délicatesse et de naturel qu'il fallait les attribuer à quelque heureuse trouvaille dont, à juste titre, il était satisfait plutôt qu'à une technique de séduction reconnue. C'est dire qu'ils devaient bientôt me toucher, non parce qu'il les avait inventés à mon intention, mais parce qu'ils témoignaient de son talent. Il est faux de dire que l'amour est aveugle : il choisit au contraire de voir et d'isoler l'aspect positif qui tout d'abord nous échappait ; et en cela il est plus lucide que l'état d'indifférence ou de méfiance qui le précédait. Quelles n'étaient pas, parfois, ma surprise et ma désillusion, lorsque, quittant l'intimité de l'appartement où nous nous retrouvions, j'apercevais Julien de loin, dans la rue, perdu parmi des silhouettes anonymes et si peu semblable à mon souvenir. Je le voyais soudain réduit à lui-même, privé de la magie dont mon amour l'entourait, un petit homme triste et fatigué, marqué déjà par le vieillissement. Pendant quelques minutes intolérables il était un étranger à mes côtés. Il me fallait alors lutter contre moi-même pour le rejoindre, pour retrouver sous cet aspect banal l'être unique que j'avais cessé un instant de percevoir. Les premiers temps, ces éclipses de l'amour furent fréquentes, ces passages d'un monde transformé par la lumière que lui dispense un être à un monde privé de cette lumière – un monde mort ; chaque fois, cette sensation de vide, d'impuissance et de détresse. Mais peut-être, tandis qu'à son insu je l'avais déjà distingué dans la foule, était-il habité par une autre pensée : il n'avait pas eu le loisir de se concentrer, de se rassembler à la perspective de notre rencontre, si bien qu'aucun plaisir n'animait sa figure et qu'au lieu de l'excitation attendue, je n'y voyais, l'espace d'un moment affreux, qu'un vide et une absence qui trahissaient sa lassitude intérieure et la distance à laquelle il était de moi.

Les traits de son visage qui m'avaient, cette première fois, semblé manquer de force et de régularité, je les ai, dans la suite, interrogés un à un, sans me lasser, avec fascination, cherchant à comprendre comment ils pouvaient m'émouvoir à ce point, surprise, toujours, que ces contours dont je connaissais par cœur la moindre inflexion suffisent à me combler et que toutes les questions du monde puissent trouver leur réponse et leur fin dans ce simple assemblage. C'est que peu à peu s'y étaient superposés les images et les souvenirs que j'avais de lui ; intenses, exaltants ou douloureux, ils chargeaient de sens son image, laissant transparaître, comme les lignes d'un livre dont on cherche passionnément à déchiffrer la signification cachée, les traces d'une existence à laquelle mon attente, ma constante tension vers lui prêtaient du mystère et un charme inépuisable. Ce qui d'abord m'avait déplu, ce front trop élevé, encore prolongé par l'absence de cheveux, j'y vis comme la marque de sa pensée constamment active, que venait contredire et compenser la masse charnue des lèvres. Me plaisait aussi ce que Julien aimait le moins, le renflement de la chair autour du menton, qui trahissait le vieillissement et auquel je trouvais de la douceur pour cette raison même, parce qu'à la volonté de séduire, que je lisais dans le regard et l'attitude, se trouvait alliée une marque de faiblesse et de fatigue – l'avancée du temps, le travail de la vie sur ce visage. Ainsi retrouvais-je, unies dans les traits de Julien, deux tendances antagonistes dont j'allais découvrir qu'elles peuvent si heureusement se renforcer.

La sensualité de sa bouche, que la mobilité de sa physionomie ne permettait pas de remarquer tout de suite, c'est en elle qu'il me semblait le mieux le découvrir : dans une plénitude que marquait pourtant certain désenchantement, comme si, de la même façon que ses yeux et peut-être davantage, elle avait le pouvoir d'exprimer une envie de vivre jamais tout à fait satisfaite. Cette bouche révélait les tensions, les désirs, l'angoisse qui habitaient Julien et sa lassitude, mais aussi la tendresse et le plaisir – une vie fluctuante et désordonnée, qui éludait toute tentative d'appropriation et dont il connaissait le pouvoir d'attirance. « Si déçue, si brisée que soit une femme par un échec, m'avait-il dit un jour, il suffit qu'elle rencontre quelqu'un d'un peu vivant pour qu'elle aime à nouveau. »

Être « un peu vivant ». Pour moi, il était la vie même dans un monde où la plupart des êtres sont déjà à demi morts, prisonniers de circuits étroits et répétitifs, de la routine extérieure ou de leurs propres obsessions, de leur impossibilité à vivre et à changer. Que cette vitalité fût liée à son désir de séduire, c'était une évidence qu'il me fallait accepter et pour laquelle je l'aimais ; je ne pouvais m'empêcher d'éprouver un étonnement admiratif devant ce besoin insatiable de nouveauté, moi qui tombais si rarement amoureuse – devant cette activité inlassable du désir et cette aptitude à s'éprendre de femmes toujours différentes.

Julien était alors tout entier occupé de ma conquête, attentif à la naissance du bonheur qu'il pressentait et dont, en grand artiste, il ménageait savamment la venue ; j'étais, moi, encore réticente, plus soucieuse d'analyser et de comprendre ce qui m'arrivait que de me livrer à la nouveauté de mes sentiments. C'est plus tard seulement, bien plus tard, que, faisant taire comme lui mon besoin douloureux de fixer ce qui par nature change et disparaît sans cesse, je parvins à vivre l'instant sans plus m'interroger sur la suite.

L'image de mon désir

« Ce n'est pas tous les jours, a-t-on finement observé, qu'on rencontre ce qui est fait pour vous donner juste l'image de notre désir[1]*. » En effet. Une phrase dont je rapprochais cette constatation de Roland Barthes : « Dans la rencontre... je suis comme un joueur dont la chance ne se dément pas et lui fait mettre la main sur le petit morceau qui vient du premier coup compléter le puzzle de mon désir. »*

Cette découverte progressive des affinités aussi bien que des parties d'un corps, « petits morceaux » qui viennent s'ajuster comme par miracle à un désir dont jusqu'alors j'ignorais tout, non, ce n'est pas tous les jours qu'il nous est donné de la faire. Il est même des vies où cette rencontre n'arrive jamais, une fois peut-être, si l'on a de la chance. Mais cette fois unique suffit à nous faire comprendre que le reste n'importe pas, ni les jours qui ont précédé, ni ceux qui vont suivre.

---

1. Lacan (*Le Séminaire*, 1, 163), cité par R. Barthes dans *Fragments d'un discours amoureux, op. cit.*

3. « *Le ravissement* »

Notre seconde entrevue eut plus d'importance peut-être. Julien, que sa profession d'historien d'art amenait à fréquenter les musées, m'avait invitée à venir visiter en sa compagnie, dans un jardin de quartier qui avait alors une allure provinciale et retirée, mais depuis l'a perdue devant l'afflux des touristes, une exposition de sculptures de Camille Claudel. L'une d'entre elles, nommée *La Valse*, nous retint plus longuement. Elle représentait, enlacés et tournoyants, un homme et une femme que déporte l'intensité de leur mouvement. Le corps de la femme, ployé par l'étreinte de son partenaire, est livré tout entier à l'élan qui l'entraîne; sa tête est appuyée contre celle de l'homme; la robe qui glisse de ses épaules se déroule et tourbillonne à ses pieds; si bien que les corps qui se mêlent forment comme une seule longue oblique dont une extrémité est constituée par les deux têtes imbriquées, et l'autre par le bouillonnement du linge semblable à celui d'une eau écumante. Le mouvement irrésistible de la danse, l'élan du couple qui s'y abandonne, je compris qu'il me les donnait, que la promesse de vie exprimée par la sculpture, c'est à moi qu'elle était adressée. Comme Julien l'avait désiré en m'amenant dans ce jardin, *La Valse*, qui me communiquait, sans qu'il fût besoin de paroles, son émotion et son plaisir, fut en quelque sorte apposée comme un sceau – dont j'imaginais volontiers, dans ma partialité, que tel le blason des familles nobles il représentait pour Julien un signe d'appartenance et un modèle – à l'entrée de la page encore blanche de notre histoire. Pour me faire partager son sens de la joie, il eut souvent recours à quelque œuvre d'art qu'il contemplait longuement, sachant que tout ensemble son admiration et l'influence de l'œuvre agissaient sur moi pour me transporter dans un monde plus élevé, un monde qui n'est pas celui où nous vivons, disait Proust, mais dont certains moments de grâce nous donnent l'intuition. Si bien que j'en venais à confondre le sentiment qu'il m'inspirait et l'effet produit par l'art, sa présence auprès de moi et la merveille qu'il me donnait à voir. Mais une telle confusion ne faisait que rendre compte de son pouvoir, car si je trouvais beau l'objet qu'il me montrait, si mes impressions s'étaient depuis quelque temps aiguisées jusqu'à atteindre ce degré d'acuité, c'est à lui que je le devais, et non à l'harmonie de l'œuvre en question, c'est lui qui avait métamorphosé le paysage qui m'entourait, le dotant de cette vibration magique qui me le rendait à chaque instant sensible.

Dès les premiers temps, il m'arracha littéralement à moi-même, ne laissant passer aucune journée sans qu'un signe de lui vînt me rappeler sa présence de la veille, tissant autour de moi l'étoffe d'une autre vie, bien éloignée de mon univers habituel. C'étaient ces lourdes enveloppes doublées qui ne contenaient parfois que quelques mots, une carte postale, un livre de poèmes, la représentation d'un objet aimé, comme ce vase ancien dont les motifs noirs se détachaient sur un fond blanc, d'un équilibre sobre et solide, fort au point de s'imposer telle une évidence, et dont il espérait que la beauté, agissant auprès de moi comme un ambassadeur, me transmettrait son propre sentiment de la beauté du monde. Ces quelques mots, disposés selon les jours et ses humeurs, au milieu de la page ou, modestement, dans un coin, écrits en petits caractères ou au contraire en majuscules, me surprenaient et m'enchantaient ; déjà mon nom, tracé à l'encre dans cette écriture pleine et irrégulière dont la seule vue bientôt me ferait battre le cœur, m'empêchant dans un premier temps d'ouvrir l'enveloppe, m'assurait qu'il pensait à moi, que j'étais en quelque sorte élue, puisque cette chose inédite se produisait : l'arrivée soudaine, inattendue, à quel point surprenante dans ma vie, du renouveau. Et puis ces mots, qui confirmaient ce que m'avait déjà dit la lecture de mon nom, il y passait un tremblement, un espoir qui, aujourd'hui encore, tandis que j'ouvre ces lettres anciennes, me communiquent un peu de la promesse qu'ils contenaient en ce début de saison – ce printemps qui s'annonçait et devait m'être, il me l'écrivait, destiné.

4. « *Je veux comprendre* »

Peu à peu, c'était la texture même de la vie qui changeait. Les premiers gestes, c'est moi, je m'en souviens, qui tout naturellement les ai eus, comme Julien eut, lui, l'initiative du premier tutoiement. On dit « prendre les lèvres », « tu m'as pris les lèvres », me déclara-t-il par la suite, enchanté ; est-ce le mot prendre qui l'amusait – on prend des lèvres comme on prend la parole ou le large –, et avait-il attendu ce moment pour se sentir à son tour séduit et captivé, dominé, mené ? Mais c'est peut-être moins cette apparente inversion des rôles qu'il recherchait qu'un signe manifeste de mes désirs et mouvements intérieurs. « C'est une chance, me dit-il un jour, que tu saches ce que tu veux en amour. » En réalité, il m'amena à découvrir des possibilités dont jusqu'alors je n'avais pas même l'idée. Car si je savais ce qu'était le plaisir, si je connaissais la violence d'un spasme où le monde entier s'efface, et la sensation d'apaisement qui s'ensuit, rien ne m'avait préparée à l'expérience des profondeurs que j'allais maintenant vivre.

Pourtant, ce ne fut pas chose facile que de perdre de vue mon paysage habituel. Bientôt, le considérant sous un angle neuf, je souhaiterais n'y jamais revenir tout à fait, mais, à ce moment, avant de m'en éloigner, j'en découvrais les agréments et les avantages et je m'y attardais, cherchant à en retenir quelque fragment connu qui me servirait de gage, de témoin de mon ancienne vie et de mon identité au cours de l'étrange traversée que j'allais entreprendre.

Une journée sans le voir parfois me permettait de revenir à moi, c'est-à-dire de chercher à comprendre ce qui m'arrivait. La nécessité de comprendre m'avait toujours importé au plus haut point ; réduits à eux-mêmes, la sensation comme le sentiment me semblaient insuffisants, et, souffrance ou bonheur, je ne pouvais rien éprouver de neuf sans aussitôt essayer de l'analyser afin de saisir la nature et l'origine d'une impression qu'il me fallait relier à un ensemble de perceptions et de connaissances. Ainsi, aucune expérience n'était-elle limitée à elle-même, mais elle devait s'ouvrir sur des perspectives plus larges, suivant un système de ressemblances et d'échos. De lui avoir trouvé une place et un sens, il me semblait qu'elle m'appartenait davantage, tout en revêtant un intérêt qui dépassait de loin sa portée initiale, si bien que mon plaisir s'en trouvait accru.

5. *« La bonne humeur du désir »*

Jusqu'à présent j'avais appliqué à ma vie amoureuse le même goût de la subtilité qu'à mon habitude de l'introspection, préférant au but ses approches, le désir à sa réalisation, et le geste un instant retenu à celui qui, trop vite accompli, aboutit à des sensations toujours semblables parce que l'imagination n'a pas pu les préparer, les construire, les nuancer. Je trouvais à l'attente prolongée de ce qui reste à venir, à la demi-incertitude de réactions de l'autre, à toute cette période où le désir bridé peu à peu s'exaspère conférant au moindre geste une extrême tension, je trouvais à l'attente de l'amour un plaisir souvent plus exaltant qu'à l'amour même. Mais de ces plaisirs raffinés, qui ne reposaient parfois que sur un regard, une allusion, un frôlement peut-être imaginé, j'étais venue à me passer : d'une attente trop étirée à l'acceptation de l'absence, le glissement est aisé, et ce désir diffus qu'alimentent au fil des jours des riens, des bribes, des arabesques dans le vide, s'arrange aussi bien de « rester en veilleuse », telles autrefois ces lampes dans les églises dont la flamme immobile signalait pourtant une présence brûlante, jusqu'au moment où un appel véritable viendra le solliciter, rappelant que tout ce temps il n'était qu'endormi, insensible, mais prêt, le moment venu, à manifester ses exigences.

Aussi ne fut-ce pas sans crainte qu'un jour enfin je suivis Julien, en haut d'une rue étroite et tranquille, dans le lieu où il avait coutume de se retirer pour travailler et que ne troublaient nul écho de la vie quotidienne, nulle trace révélatrice d'autres activités, puisqu'il n'y habitait pas. Que cet endroit, qui serait désormais le décor de nos rencontres, fût ainsi séparé du domaine des choses courantes, tout entier consacré à la pensée et à l'amour, convenait à mon besoin d'isoler l'essentiel, de l'entourer de secret et de recueillement. Dans la plus grande partie de notre existence, nous jouons une suite de rôles auxquels nous nous identifions plus ou moins, qu'il s'agisse de celui d'ami, d'observateur ou de conseiller, de parent, de frère ou d'époux, mais en aucun de ces rôles nous ne sommes tout à fait nous-mêmes, en aucun d'eux nous ne nous rejoignons, puisqu'ils ne représentent qu'un aspect restreint de notre personnalité, et c'est peut-être seulement dans la concentration du travail, comme dans l'activité amoureuse, que nous échappons à nos divisions intérieures.

Pour la première fois, mais sans même le remarquer, en proie à cette sorte de rêve éveillé qui devint mon état habituel en la présence de Julien et, ce jour-là en particulier, tant il était intense, me retranchait de la vie ordinaire, je franchis le lourd portail qui allait, comme la rue elle-même et tout le quartier environnant, délimiter le territoire enchanté où je le retrouvais.

Bientôt il me suffit, descendant dans la bouche de métro de mon quartier, de me trouver sur la ligne où figurait le nom de sa station, autour duquel s'ordonnaient tous les autres, en eux-mêmes dépourvus d'intérêt mais dotés par ce voisinage d'un charme nouveau, pour sentir à l'accélération des battements de mon cœur, au changement de rythme qui m'affectait tout entière, que cette descente sous terre, comme dans les épisodes initiatiques, précédait mon entrée dans un autre monde. Que ce monde fût un lieu géographique aussi bien que mental, un quartier de Paris assez semblable au mien, voilà qui n'était pas troublant, puisque pour l'atteindre il me fallait voyager sous terre, dans un labyrinthe de tunnels, et qu'ainsi n'existait pas de continuité entre lui et le banal univers quotidien. Les étapes suivantes, le tournant à la sortie du métro qui, d'une place animée, débouchait soudain sur une rue étroite, la côte au long de laquelle s'alignaient d'anciens hôtels particuliers gardés par d'épaisses portes sombres, je les traversais dans un état second, à tel point absorbée par la pensée de le revoir que je ne voyais rien, n'entendais rien, retirée déjà de la vie extérieure qui continuait autour de moi et sans moi. Une fois passé le seuil de l'immeuble, tout était ténébreux et tranquille ; d'épais tapis feutraient les pas, et les portes palières, que je ne vis jamais s'entrebâiller, restaient fermées sur leur secret. Combien de rendez-vous cachés comme le nôtre, combien d'amours clandestines et de rencontres ignorées se déroulaient à l'abri de ces murs, dans l'intimité de pièces closes ? J'aimais à imaginer que la maison entière était dédiée à l'amour, non comme ces maisons de passe au XIXe, auxquelles faisait pourtant songer cet immeuble cossu, mais plutôt comme un temple où se célébrerait un mystère auquel il m'était donné de participer. Si l'amour, à mon sens, devait s'entourer d'obscurité et de secret, c'était moins pour favoriser la sensation de repli et accroître le plaisir que pour l'isoler de la vie ordinaire avec laquelle il n'a pas de commune mesure. Mais cette disposition d'esprit en quelque sorte « religieuse » ne me vint que peu à peu ; j'avais une attitude bien différente la première fois que je franchis l'entrée de ce lieu.

6. « *Je voyais tout de son corps, froidement* »

En haut des escaliers, dans cette pièce qui avançait sur le vide comme la proue d'un bateau, je me souviens qu'avec plus de résolution que de désir, cette fois-là, sans prononcer un mot ni attendre son initiative, je me suis déshabillée devant lui ; ce dépouillement qui me montrait, il n'avait pas fait un geste pour le solliciter, l'époque des débuts avait pris fin, je le lui signifiais ainsi, même si une telle décision ne s'accompagnait d'aucun plaisir particulier. J'ai voulu que Julien me voie, qu'il prenne possession de moi par le regard, et qu'il sache, avant que les gestes ne nous entraînent, que je *voulais* me donner à lui, sans masque ni réserve.

Je n'étais que vaguement consciente de cette intention, si je n'ignorais pas le jeu érotique auquel elle prêtait, l'une se faisant voir dans sa nudité tandis que l'autre demeurait le même, armé de son apparence habituelle. Une telle différence accentuait l'écart entre les rôles – prendre, donner. Ces rôles, il fallait que d'emblée ils fussent marqués. Mais tout fut si rapide, et si simples les mouvements qui s'enchaînèrent quand, nu à son tour, Julien m'eut rejointe sur le lit, si décevant l'acte sexuel. Incapable encore de prêter attention à nos gestes, tant me paralysaient la rupture brutale de nos habitudes et l'afflux des émotions contradictoires, je ne faisais que reconnaître la similitude de la situation avec d'autres du même genre, non ce qu'elle comportait de fondamentalement neuf. « Ce n'est que ça », tel fut mon sentiment lorsque, après cette première exploration d'un corps inconnu, je me retrouvais habillée, prête à partir et en proie à une solitude nouvelle. Car, loin de me sentir plus proche de Julien, je constatais qu'en cet instant s'étaient dénoués nos liens habituels. Je ne le reconnaissais pas : à l'image familière de l'homme que j'avais rencontré si souvent au cours de ces dernières semaines, se superposait celle d'un visage et d'un corps qui m'étaient étrangers, le souvenir d'une intimité et de comportements que rien n'avait annoncés. Ainsi sommes-nous troublés, égarés et déçus par les contours d'une figure, le grain d'une peau ou l'odeur particulière que nous respirons la première fois, avant que ces mêmes éléments, par l'effet de l'habitude, ne deviennent les signes mêmes auxquels nous identifions l'amour. S'il nota alors, comme un reproche, mon air de tristesse avant même que je le quitte, si nous ne connûmes pas la hâte qui, par la suite, nous jeta l'un vers l'autre, je pus néanmoins, faisant retour sur moi-même, revenir avec émotion sur la nouveauté de ces heures dont une sorte d'insensibilité m'avait privée.

Les jours suivants, je passais et repassais dans ma mémoire le film des événements que je venais de traverser, me livrant à la précision des gestes de Julien, revivant les scènes auxquelles, au moment même, dénuée de réactions, je n'avais pu participer. Peu à peu, je me familiarisais avec ces images nouvelles de lui, peu à peu j'en vins à me réjouir qu'enfin soit intervenu dans ma vie, pendant longtemps trop calme, un bouleversement dont je ne mesurais pourtant pas encore l'importance. Je ne sais dans quelle mesure ce revirement fut l'effet d'une décision délibérée de ma part ou si la façon dont Julien approchait l'amour et en accomplissait les gestes me fit oublier mon goût des subtilités aériennes, de vibrations si ténues qu'elles se confondaient avec le silence : sans même que j'en aie pris conscience, j'étais entrée dans un domaine riche de possibilités qui tenaient au plaisir tout en le dépassant. Pourquoi les gestes que j'avais faits avec d'autres devaient-ils prendre avec lui une signification radicalement nouvelle ? Il n'y avait pas de rapport entre ce que j'avais ressenti avec eux et le degré d'exaltation auquel il m'amena.

7. « *Toutes les voluptés de la terre* »

Quelques jours s'écoulèrent avant que je ne revoie Julien ; je devais les passer à la campagne. Le silence et l'immobilité des lieux convenaient à l'état de désorientation où j'étais : il me semblait non seulement être sortie du temps, ce qui était le cas chaque fois que je me retrouvais dans cet enclos cerné par la forêt, mais, en m'éloignant de mes habitudes de vie, avoir perdu les points de repères et les limites qui la définissaient. Et sans cesse, dans cette étendue que rien ne venait interrompre, je revivais, en proie à une sorte d'étonnement, les dernières heures passées ensemble. De la confusion mentale où j'étais plongée émergea bientôt comme un remords, celui d'avoir méconnu la valeur de ce qu'il me donnait, d'être restée insensible au bonheur qu'il voulait me faire éprouver et auquel nos rencontres comme ses lettres, l'atmosphère même qu'il créait autour de lui, m'avaient pourtant préparée. Mais il est vrai que je n'avais pas de prédisposition au bonheur, tandis que depuis longtemps il était familier à Julien ; il avait fait de sa recherche l'un des buts de sa vie en même temps qu'une discipline de l'esprit.

Ces billets quotidiens, auxquels maintenant je me reportais, transcrits, paraîtraient banals – mais quelle lettre d'amour, quand elle est lue d'un œil détaché, ne l'est pas ? J'avais bien, pour les premières lettres et selon mon habitude, exercé mon esprit critique, prête à découvrir cette recherche de l'effet qui trahit la pose et semble révéler certaine insuffisance du sentiment, mais très vite, faisant taire une méfiance qui paraissait mesquine, j'en étais arrivée à dépendre des quelques phrases qui chaque matin, en m'assurant qu'il pensait à moi, projetaient sur le reste de la journée une lumière d'enchantement ; de façon infaillible, elles me transmettaient l'élan des premiers temps heureux de l'amour.

Julien écrivait bien, comme ceux qui, ayant une très grande pratique du genre épistolaire, savent éviter l'aspect laborieux, fabriqué ou naïf que souvent on lui trouve ; ses lettres, qui, à la différence des miennes, fuyaient l'analyse de soi, reflétaient cette faculté de s'abandonner, cette spontanéité et cette richesse d'impulsions qu'il possédait au plus haut point dans la vie ordinaire et qui ne cessaient de me surprendre. « Il faut se laisser porter par le bonheur », affirmait-il, comme si c'était la chose la plus naturelle du monde, et, dans une volonté d'universaliser ce sentiment, il me représentait qu'en France quelque vingt-cinq millions d'hommes et de femmes vivaient au même moment une expérience semblable à la nôtre, nous entourant d'un « océan d'amour » ; mais au lieu d'accepter cette vision, comme je l'aurais dû puisqu'elle était inspirée par l'amour, je lui répondais, de façon réaliste (or qui, en un tel cas, a besoin de réalisme ?), que cet océan d'amour me paraissait gravement menacé par la somme de malentendus et de cruauté qui existe dans toutes les relations humaines. Un tel détail suffirait à montrer, s'il en était besoin, combien j'étais loin encore de pouvoir m'abandonner au mouvement puissant du couple qu'entraînait *La Valse*, par lequel tout avait commencé.

Elles employaient, ces lettres, des mots qui me parlaient d'envol et de joie, de la beauté et du tremblement de l'amour ; comme celle où il me disait avoir vu un sublime Watteau en tremblant parce que je n'étais pas à ses côtés, ou celle où il m'assurait que respirer près de moi était un exercice nouveau et exaltant (tout comme respirer loin de moi était un exercice inédit et douloureux) ; et si ce mot d'exercice, deux fois employé, me confirmait que pour Julien aussi le monde se renouvelait, puisque chaque chose absolument neuve est difficile et demande à être apprise, de même celui de « respirer » me donnait à sentir la réalité d'une ouverture, d'une dilatation de tout l'être vraiment exaltantes.

Mais, la première fois que nous avions fait l'amour, cet élan avait été momentanément enseveli, remplacé par une surprise immense qui se mua en remords. Si parfois j'avais eu l'impression de rester en marge de la vie, ou d'être comme isolée sous une cloche de verre au-delà de laquelle évoluaient des silhouettes qui n'avaient avec moi aucun lien, voici que quelque chose m'arrivait, que la vie sous une forme turbulente me rejoignait et que se fissuraient les parois de verre de ma prison, comme s'était un jour dissipée la vapeur qui retenait prisonnière, au fond d'une forêt, la victime d'un enchanteur ou rompu le charme qui maintint endormie pendant cent ans la Belle au bois dormant ; le décor s'y prêtait : son influence, combinée avec la force des images qui me revenaient à l'esprit, me permettait, en vérifiant la vérité profonde des contes de fées, d'inscrire mon aventure dans le contexte de mythes anciens d'où elle tirait comme une justification supplémentaire et un reflet d'éternité.

Rentrée à Paris, je trouvai une lettre de lui ; elle suffit à écarter mes derniers doutes, me rendant avec mille fois plus de force l'élan que pendant des jours de désarroi j'avais cru perdre. Je n'avais plus de place en moi que pour une certitude : celle d'aimer Julien, que pour un désir : celui de le revoir.

Ce que je retenais de cette lettre, qui m'avait bouleversée, c'étaient surtout les dernières lignes. « Accepte-le au moins pour ce qu'il vaut, mon sentiment de bonheur grave... » ; j'y retrouvais, en même temps que le ton de ses lettres précédentes, l'esprit de l'œuvre d'art devant laquelle il m'avait amenée et dont semblaient provenir cette émotion, cette gravité qui sont à l'opposé du libertinage et témoignent de la ferveur avec laquelle on s'approche de l'amour. À la lumière de ces lignes, tout se clarifiait, et les scènes vécues cessant de m'apparaître comme une rupture dans leur soudaineté venaient au contraire se placer dans la continuité de ma rêverie amoureuse.

Le sens du pouvoir de l'amour, la vie entière de Julien montrait à quel point il le détenait, lui qui lui dédiait son temps et ses pensées et qui tirait de lui sa force. Pourquoi, sinon, aurait-il ajouté, après ces mots qui m'avaient tant frappée : « bonheur et puissance de te connaître », phrase où bien plus qu'une licence prise vis-à-vis de la langue, je voyais l'expression concentrée de mes propres sentiments ? Cette énergie que confère l'amour et dans laquelle Julien puisait si largement, elle allait irriguer jusqu'à la moindre fibre de mon être ; mais à présent, décuplée par ma découverte récente et la certitude que j'avais démérité, que je l'avais déçu, elle m'animait d'un puissant désir de le revoir, de racheter ma peur et mon recul.

C'est en proie à une émotion violente, comme privée de la faculté de penser, que, traversant la ville en somnambule, je me dirigeais vers la chambre blanche où Julien m'attendait. A peine la porte ouverte, j'étais contre lui, enfermée dans ses bras, serrée dans cette étreinte au point de m'y anéantir ; ne me restaient que des bribes de phrases, des mots sans suite, des explications confuses qui se mêlaient aux baisers, je ne savais plus, je tentais de lui expliquer tout à la fois ma froideur et une culpabilité dont il devait me délivrer. Mais les explications n'importaient plus ; dans sa hâte, déjà il m'entraînait. Nous n'étions plus que les instruments de la force étrange qui nous poussait l'un vers l'autre. Cette impression d'obéir à quelque loi qui dépassait de très loin nos personnes, je la ressentis alors pour la première fois. Allongée sur le lit, encore tout habillée, je regardais son visage tandis que, debout devant moi, un à un il ôtait ses vêtements. Malgré les mouvements qui parfois me le dissimulaient, je ne voyais que son regard, absent, impersonnel et résolu, qui demeurait rivé sur le mien. Il me semblait maintenant que le temps s'était arrêté et qu'à la fièvre de tout à l'heure avait succédé une accalmie, mais produite par une tension si forte que tout geste y prenait un retentissement particulier ; et j'attendais le geste définitif que promettait ce regard, consciente que cette tension devait y aboutir, que je n'étais venue là que pour ce dénouement. Mais ce moment décisif, Julien le retardait, s'approchant de moi avec lenteur, sans cesser de me fixer. J'eus tout le temps de le désirer et de l'imaginer, tout le temps de l'attendre et de m'y préparer. Et lorsqu'il fut venu, sans qu'aucune caresse ne l'ait annoncé, puisque rien sinon l'essentiel n'était requis, lorsque Julien me pénétra, ce fut comme si tout le vide, tout le manque et la douleur longtemps accumulés en moi étaient à jamais abolis. Tandis que très lentement, en un va-et-vient à peine perceptible et toujours me regardant, Julien accroissait l'intensité de sa présence en moi, j'avais conscience que nous étions unis et que je ne désirais rien d'autre. Quand bien même n'y aurait-il eu que cette présence et l'expression de ses yeux, la sensation d'être remplie là où j'avais été creuse et incomplète, comme parfois une pause me le donnait à éprouver, j'aurais été transportée, jetée dans cette joie dont « on ne peut parler ». Plus encore que le plaisir qui suivit, ce fut ce moment de l'union, différé, attendu, précédé d'une tension suprême, et devenu dès lors inévitable, comme ces forces qui, une fois déclenchées, n'arrêtent pas leur mouvement, ce passage d'une absence souffrante à la plénitude d'être, au sens le plus physique et le plus spirituel du terme, qui me fit accéder à un état encore inconnu. Ce moment-là, qu'il s'ingéniait à prolonger par son immobilité, fut celui de la conscience la plus haute, avant que peu à peu le plaisir ne me fît lâcher prise. Mon attention était tout entière engagée, occupée à saisir le fait de cette pénétration, à surprendre les vastes mouvements de fond qu'elle soulevait – la conjonction nouvelle de l'union et du plaisir. Il était en moi, rien d'autre n'importait, j'étais emplie de lui. Mais bientôt je sentis venir, comme un point de rupture, l'instant où, précisément, j'allais perdre conscience, où cessant d'être attentive à ces mouvements et ce qui les causait, à ce qui me prenait, comme le dit fort bien l'expression, « corps et âme », je me laisserais couler à pic dans une obscurité qui ressemblait à la mort ou au sommeil. Cette rupture, cette perte de l'âme, moment où l'univers entier s'annihile, je l'attendais comme une délivrance, mais déjà la venue de Julien m'y avait préparée, qui m'emportant loin de ce côté-ci du monde m'avait haussée jusqu'à un autre bonheur. Faut-il qu'à mon insu j'aie désiré cette chose, puisque soudain elle m'apparaissait comme la seule essentielle, comme l'aboutissement d'une vie faite d'une longue attente. Et je m'émerveillai que ce lien de chair dure qui joignait nos deux corps fût si exactement ajusté à mon désir, que, mystérieusement, il comblât une absence éprouvée jusqu'à l'angoisse.

Je ne sais si dès ce moment-là je cherchai à retrouver, chaque fois, la même intensité de sensations – cette jouissance «supérieure à toutes les voluptés de la terre» –, si dès ce moment je compris ce que certaines religions enseignent, que l'union des corps peut être une voie d'accès à la libération du moi, la sortie de l'incomplétude qui nous oppresse, la fin du «pas assez» qui nous afflige parfois une vie durant. La présence de Julien en moi me faisait accéder à un autre plan de l'être, hors de la division, du temps qui nous défait et du sentiment continuel de l'insuffisance. Elle était la clef d'un autre monde, si différent de celui où nous vivons, que, dans mon désir de le nommer et ne voyant aucun terme qui convînt, je lui avais appliqué le qualificatif de divin. Sans doute étais-je fatiguée d'une trop longue patience et, sans le savoir, prête à tomber dans tous les pièges contre lesquels l'époque moderne a mis les femmes en garde (une méfiance qui, à mon avis, ne fait que limiter la variété et l'étendue des plaisirs). Et puis, Julien avait le génie d'exhumer dans le tréfonds des êtres des ressources inconnues d'eux-mêmes, une capacité de souffrir et d'aimer qui rendait insignifiante toute autre disposition.

Il m'est parfois arrivé, lorsque j'ai tenté de me détacher de lui, de rechercher le plaisir, sans plus me soucier de l'union, afin qu'il me porte dans ces états auxquels de tout mon être j'aspirais, et Julien n'était plus que le moyen de les atteindre, l'officiant oublié d'une cérémonie qui secrètement se déroulait à *mon* intention. Il est vrai que très tôt je me suis demandé, alors même que j'étais le plus amoureuse de lui, si, au-delà de l'amour, je ne continuais pas une quête depuis toujours entreprise et dont la rencontre de l'amour avait soudain ravivé en moi le besoin. Mais, pendant ces premières semaines, transportée par une découverte qui avait entièrement modifié l'aspect des choses, je ne pensais qu'au bonheur de ces heures où nous nous retrouvions. Elles convergeaient vers ce moment pour lequel je venais – celui où nos corps se mêlant je cessais d'être dans le monde, comme autrefois je l'avais solennellement écrit dans un mauvais poème d'enfance, « pour être absolument ».

Le moi ne discourt que blessé

Nous n'avons souvent, en fait de littérature amoureuse, qu'une longue suite de pleurs et de soupirs, ou la constatation d'une obsession humiliante qui réduit l'amant en esclavage. Qu'en est-il de tout le reste, qui existe tout de même, c'est-à-dire des moments de bonheur ? « Comblements : on ne les dit pas, constate Roland Barthes – en sorte que, faussement, la relation amoureuse paraît se réduire à une longue plainte. C'est que, s'il est inconséquent de mal dire le malheur, en revanche, pour le bonheur, il paraît coupable d'en abîmer l'expression : le moi ne discourt que blessé ; lorsque je suis comblé ou me souviens de l'avoir été, le langage me paraît pusillanime : je suis transporté, *hors du langage. »*

Faudrait-il donc se résoudre à ne décrire que la plainte, sans tenter de faire passer un peu de cette joie par laquelle « l'homme est réduit à rien » ? Il est pourtant essentiel de le communiquer, ce bonheur, en partie tout au moins, quitte à en abîmer l'expression, à écorner la réalité indicible.

8. La perte de soi

Si l'on me donnait à choisir parmi les moments de bonheur que j'ai éprouvés, je crois bien que c'est à certaines périodes de mon adolescence à la campagne que je me reporterais. Non qu'à cette époque je fusse, de façon générale, heureuse, mais en raison d'instants qui ne se raccordaient justement en rien au reste de ma vie et dont, plus tard, je devais comprendre le rapport qu'ils présentaient avec l'expérience de l'amour. De tels instants, j'y ai déjà fait allusion, ont hanté mon existence : en comparaison avec eux, elle m'apparaissait telle une étendue plate et morne, déserte à perte de vue ; seul, me semblait-il, un défaut de ma constitution m'empêchait d'en voir le relief et l'intérêt. Ces moments me laissaient le souvenir d'avoir accédé à un autre plan de l'être et, pendant longtemps, j'eus le désir brûlant et douloureux d'y faire retour. Je ressentais, en même temps que la nécessité de parvenir à en retrouver de semblables, le sentiment intolérable de mon impuissance.

À quand remontait ma connaissance de ces moments singuliers ? Pendant une période de ma vie, celle de ma prime jeunesse où je passais les mois d'été à la campagne, ils furent fréquents et, en quelque sorte, spontanés. Il suffisait, quittant la maison et son activité, que j'entre dans le bois, touffu et immobile en cette saison, pour me sentir envahie par la prescience d'un autre monde. Là régnait une stagnation étrange que seul animait le bourdonnement des mouches, et ce bruit même, continu et monotone, avec ses suggestions de chaleur et de paresse, contribuait à l'impression que l'on était sorti du temps. À perte de vue l'ombre verte des chênes m'entourait, traversée çà et là d'un rayon de soleil qui se posait sur le chemin sableux ou sur le sommet incliné des grandes fougères du sous-bois, dessinant des îlots de lumière dans lesquels je voyais tourbillonner des insectes. Le bien-être que j'éprouvais était proche de l'engourdissement, d'une hébétude heureuse qui m'enlevait à moi-même ; oubliés les heures qui avaient précédé, les jours et les années et l'être que j'étais, seule était réelle cette minute indéfiniment étirée dans laquelle peu à peu je me sentais disparaître.

Mais cet état, qui relevait d'une vague satisfaction sensuelle et m'apportait une sorte d'apaisement, lorsque je ne parvenais pas à le dépasser, je savais qu'il avait failli à son but. Car, pour avoir atteint un bonheur de nature différente, j'en attendais bien autre chose que ce glissement insensible, semblable à la perte de conscience aux abords du sommeil, ou à l'hypnose où parfois vous plonge la simple présence de celui qu'on aime – cet engluement de toute la personne, cette incapacité heureuse à réagir ou même à ressentir. J'avais constaté que c'était le plus souvent au moment où, concentrant mon attention sur quelque détail, je m'absorbais en lui que le passage se faisait vers « la vision intensifiée ». Une feuille très lentement tombait, la branche d'un arbre remuait de façon imperceptible : il ne fallait que ce fil conducteur pour me tirer hors de moi-même et me préparer, tel le poète Marvell en proie à une extase dans *Le Jardin*, à un plus long envol, à l'unité avec la feuille que je contemplais, avec la branche qui la portait, avec l'ensemble de la forêt – à un épanchement de tout l'être hors de ses limites. J'*étais* la feuille, comme elle était moi, toute conscience de séparation était abolie.

Dans la suite il m'est arrivé d'avoir des expériences du même ordre, mais jamais avec l'acuité qui les marqua pendant cette période. Je crois que le regard est la voie d'accès privilégiée à de tels états : parfois j'ai regardé une forme jusqu'à perdre la conscience de ce regard, m'oubliant dans l'objet de ma contemplation qui alors m'apparaissait, telle une révélation, dans son unicité, libéré de l'apparence terne dont l'avait revêtu l'habitude. Par quelque sortilège, le monde avait cessé d'être invisible, il n'était plus un décor à demi effacé, il était *vivant*. Plus tard, alors que j'avais entrepris des cours de dessin et passais nombre d'heures à me concentrer sur une forme afin de la saisir *de l'intérieur*, je me suis aperçue que ces états survenaient plus fréquemment et qu'ils se prolongeaient ; les contours, les masses, les rythmes et les couleurs, tandis que je marchais dans la rue, me devenaient sensibles et je ne souhaitais pas d'autre richesse, d'autre bonheur que celui-là, que d'être ainsi présente au monde, que de *voir*. Mais il s'agissait de bien autre chose que de la simple action de regarder, comme j'en fis dans la suite l'amère expérience en retombant, malgré mes efforts, de l'état de voyant à celui de piéton du quotidien, quand à nouveau s'empara de moi la force de pesanteur.

Il y avait entre de telles heures et l'existence ordinaire la même différence qu'entre la vie et l'état d'insensibilité. À quoi pouvait-on attribuer ce brusque passage de la demi-absence à la vie qui formait ma perception habituelle à la vision modifiée du réel, comme si mes sens, d'habitude endormis, eussent pour quelques instants retrouvé leur pouvoir et que, d'extérieur, détaché et lointain, le paysage fût soudain devenu présent au point de m'habiter ? Oui, ce bonheur qui m'envahissait tout à coup, je ne pouvais le définir que comme l'illumination d'une pure conscience effaçant les frontières entre lesquelles nous évoluons habituellement. Plus tard, mes lectures me permettant d'approfondir et d'analyser ce que j'avais à l'époque seulement éprouvé, j'employais les mots d'opacité et de transparence et fus tentée d'y voir, poursuivant l'intuition que j'avais eue, une forme de connaissance. Car ces limites qui nous définissent et nous emprisonnent, l'état de division où nous vivons, occupés, harcelés, obsédés par mille pensées insignifiantes qui nous ancrent dans un moment précis du temps et de la société, tout cela dans ces moments s'efface, comme s'effondre une paroi qui nous bloquait la vue, pour nous rendre à notre sentiment premier d'unité. Cette émergence hors de l'espace individuel – délivrance d'une longue claustration semblable à l'absence, quand elle n'est pas faite d'une agitation répétitive et épuisante –, l'amour, je devais l'apprendre, nous en fournissait aussi le moyen.

Certes, il n'y avait à première vue que peu de rapport entre l'expérience de fusion que j'avais faite dans les bois et le bonheur atteint dans l'amour. Ces courts instants de vie irradiés de lumière, entourés de silence intérieur, qui appellent certaines images de paix, telle *La Jeune Femme à la cruche* de Vermeer fixée dans un présent immuable, ne ressemblaient pas au trouble violent où m'avait jetée le fait d'aimer ; ils étaient même, en apparence, tout le contraire. Car ils avaient abouti à une vision qui me semblait dépasser de très loin le domaine du sensuel et s'approchait plutôt, pour la lectrice de Blake que j'étais, de la vision imaginative.

Mais en revenant, bien après que nous nous fûmes séparés, Julien et moi, sur une expérience dont la force n'avait cessé de s'imposer, je commençai à percevoir ce qui reliait des états qui paraissaient différents. Mais il n'était pas surprenant que la révélation essentielle de mon adolescence, qui semblait trahir certaine prédisposition aux états mystiques, ressurgisse dans cette aventure fondamentale de ma vie, dans l'amour que, bien tardivement, je ressentais. Ce que longtemps j'avais recherché, mais sans trouver la voie, sans penser que l'amour pouvait l'être, c'était peut-être moins à approfondir une intuition qu'à renouer avec le bonheur qui l'avait accompagnée. Et ce bonheur, si je l'analysais, je percevais qu'il tenait à une soudaine libération de l'être échappant à l'isolement qui lui pèse pour entrer en contact avec une autre réalité. Peu importait la nature de cette réalité, pourvu qu'elle fût illimitée (c'est plus tard seulement que je chercherais à me la représenter). Je me suis demandé si le plaisir procuré par l'amour, comme celui que l'on ressent au sein d'un paysage, n'était pas fait d'une rupture des limites qui nous constituent, si aimer ce n'était pas seulement se délivrer de l'étroitesse de telles limites pour *se mêler*, pour rejoindre un courant de vie profond qui, nous unissant à l'autre ou au monde, a le pouvoir de nous enlever à nous-mêmes, de nous emporter loin de nous-mêmes. Le sentiment de délivrance que j'avais autrefois ressenti dans un paysage en contemplant la feuille d'un arbre, n'était-ce pas lui qui, à nouveau, m'avait frappée dans l'amour tandis que j'étais mêlée à Julien – mais dans ce cas avec une intensité qui ne devait rien à la volonté –, et ne pouvais-je dès lors l'identifier comme la jouissance éprouvée dans la perte de soi ?

9. *Éloge du vertige*

Est-ce le lendemain de cet après-midi fabuleux que Julien m'invita à me promener dans l'une des grandes forêts qui bordent Paris ? Nous devions nous retrouver chez moi pour nous rendre dans la roseraie qu'elle abritait, un lieu qu'il aimait particulièrement. Toujours, il eut le souci d'associer les moments que nous passions ensemble à un spectacle dont je me souviendrais. De même qu'il s'efforçait de mettre sa vie en harmonie avec les œuvres d'art dont il s'entourait, imprégnant ses journées de leur influence, soit en se rendant à l'improviste, poussé par une impulsion, dans un musée où l'attendait un tableau au pouvoir singulier, soit en acquérant quelque livre délicatement relié devant lequel il passait de longs moments, de même il plaçait l'émotion qu'il tirait de tels instants au centre de ses rapports avec autrui. Bien plus qu'un plaisir d'esthète, cette fréquentation quotidienne était pour Julien une nécessité vitale : elle était le moyen de transmuer les détails familiers en objets d'étonnement, la menue monnaie de la vie ordinaire en or des fées. Tel n'était pas bien sûr le vocabulaire qu'il aurait choisi : il s'agissait à son sens, moins de transmutation, que d'une certaine qualité de regard posé sur le réel, d'un émerveillement essentiel devant la vie, regard qui s'exerçait et se rechargeait constamment dans la fréquentation de l'art et de la beauté sous leurs formes les plus diverses. Ce n'est pas trop dire que ces œuvres étaient sa préoccupation fondamentale, une source d'énergie en même temps qu'un métier ; s'il ne pouvait, selon une formule connue, faire de sa « vie une œuvre d'art », du moins s'employait-il à faire de l'art le fondement de sa vie. La sensualité d'un corps, Julien l'éprouvait aussi bien devant une représentation de *Suzanne et les Vieillards*, de Rembrandt, qu'en présence d'une de ses maîtresses dénudées, et dans son esprit se rejoignaient la tendresse, en quelque sorte impersonnelle, qu'il portait au corps ainsi offert à son regard, et son admiration pour la gravure du peintre, pour la force expressive du trait qui, retroussant la robe, dévoilait les cuisses solides et pleines d'une servante. Cet érotisme diffus sous-tendait son rapport avec le monde ; c'est sur lui que s'appuyaient son sens de la poésie et son attirance pour les êtres vivants. Julien en connaissait au reste si bien le pouvoir qu'il avait dédié sa vie au sexe et à l'amour. Combien m'avait frappée, lors d'une première conversation, l'aveu de son amour des corps, de tous les corps possibles, de ces corps étendus sur la plage, dans lesquels, chaque été, il se réjouissait de découvrir une si grande puissance de vie, tandis qu'à mes yeux, que n'habitait pas la vision poétique mais la prosaïque réalité, ils formaient, écartelés sur le sable et luisants d'huile solaire, un spectacle assez répugnant, avouons-le.

Le lendemain de ce jour, il voulut donc me montrer les roses qui commençaient à fleurir, non ces fleurs mousseuses et joufflues dont j'aimais l'épanouissement pléthorique, mais des roses d'une espèce plus ancienne, fleurs discrètes et menues dont lui plaisait surtout la tige aux grandes épines rouges en forme de voiles. Par chance, il faisait beau. Nous avons longé les terrasses de café où les gens, après le déjeuner, étaient encore attablés au soleil, ces terrasses devant lesquelles j'étais passée chaque jour, consciente seulement des regards d'indifférence ou d'ennui que lance au promeneur la personne immobile. Mais ce jour-là je ne voyais ni les tables ni les grappes d'humains tout autour ; un brouillard de soleil et de couleurs m'entourait où je ne distinguais que le visage de Julien, n'entendais que sa voix ; sa seule présence m'avait plongée dans un état qui réduisait à néant le monde extérieur. De notre course en taxi vers le parc, je ne retins que quelques détails, mais sans doute s'étaient-ils imprimés dans ma mémoire de façon indélébile puisqu'aujourd'hui encore ils m'apparaissent avec la netteté surréelle de certaines images de rêve ; tous, ils se rapportent à lui : malgré la gaieté qu'il affichait, un regard d'absence, parfois, qui se mêlait d'angoisse, une certaine fatigue marquée dans le pli au coin de ses lèvres ; si, me les rappelant plus tard, j'en fus troublée, au moment même ils ne firent qu'aiguiser mon désir de lui – ce désir d'atteindre l'inconnu qui en lui m'échappait. Cet inconnu devait être le stimulant le plus puissant d'un amour profondément physique : tenir ce qui en était le dehors, ce visage impénétrable et livré, me permettait de croire que je m'emparais dans le même geste d'un mystère à mes yeux insondable.

Ni les roses, dont il me fit pourtant observer les noms, écrits sur de petites étiquettes, et l'époque de leur découverte, ni les allées ombragées où nous nous sommes promenés ne purent capter mon attention : de cet après-midi passé à ses côtés, de ce jardin idéal et tout en fleurs, je ne remarquai rien ; seul me reste le souvenir d'une bulle de lumière irisée, soustraite au temps, où l'espace d'un moment je m'étais trouvée isolée avec lui. Au retour, derrière l'une des haies qui longeaient le parc, il me prit dans ses bras ; ce jour-là, aucun autre geste ne nous joignit ; il savait que le désir ainsi retenu, maîtrisé, est accru cent fois et que la seule proximité de nos corps nous plongerait dans cet état souvent décrit sous les termes de vertige ou d'ivresse, parce qu'il nous enlève en effet nos points de repère ordinaires (mais jamais le vin, qui m'enfonçait au contraire dans une sorte de léthargie, ne me donna cette exaltation heureuse, cette impression de légèreté). Dans le métro qui nous ramenait vers le centre de Paris, consciente à nouveau de la foule qui nous entourait, je me demandai si notre état se lisait sur nos visages, si n'émanait pas d'eux de façon visible, palpable, presque, comme l'auréole qui distingue les élus dans les représentations de saints, un rayonnement de bonheur ; étrange spectacle sans doute que celui de ce couple d'âge mûr, seul dans la cohue, et dont les traits avaient un tel air d'absence.

Peut-être ne fus-je jamais aussi heureuse que pendant cette promenade et les heures qui suivirent. Au sentiment de solitude qui parfois succédait à l'amour, cette reprise de conscience d'une distance qui tue, s'était substitué cet envol de l'être, une condition où rien ne l'atteint plus, ni accident, ni crainte, ni changement. L'amour était monté en moi à un niveau tel que ne subsistaient plus la moindre faille, le moindre vide par où pensée, doute ou inquiétude auraient pu s'introduire : et d'être ainsi emplie d'amour, sans que compte même l'objet de ce sentiment, sans que le désir de lui m'agite, tant me comblait sa présence en moi, je me sentais soulevée de terre, « transportée », « ravie », comme on peut être ravi à ses proches, à sa famille ou à soi-même – puisque la langue utilise volontiers pour l'amour un vocabulaire qui relève de la guerre.

J'eus la chance de pouvoir passer seule ce soir-là ; il m'eût au reste été impossible de faire face à une conversation ordinaire, de reprendre pied dans la vie quotidienne. Longtemps, je suis restée dans cette absence éblouie, et les autres, mon existence, les objets familiers me paraissaient eux aussi transformés, à la fois proches et lointains, comme s'ils avaient subi quelque métamorphose durant un long départ, comme s'ils m'étaient devenus étrangers et que je les voyais pour la première fois. Ils existaient dans un autre monde, un monde où je n'étais plus.

À cette époque de notre liaison, après des moments de bonheur d'une force particulière, lorsque, me promenant en la compagnie de Julien, je m'étais à nouveau sentie gagnée par ce dérèglement étrange où me jetait immanquablement sa présence, je connus ces bizarres états d'apesanteur dans lesquels il nous semble flotter plus que marcher. Et je me rappelais ces statues baroques avec leur corps étiré en longueur, le déhanchement accusé, le genou plié comme pour un pas de danse, les bras écartés qui tournent de façon improbable, s'étendent, s'allongent et montent, parcourus jusqu'à l'extrémité du doigt qui pointe vers le ciel d'un mouvement irrépressible : elles proclamaient l'état de légèreté, l'impulsion irrésistible qui, comme moi, les soustrayaient aux lois de la gravitation et les entraînaient vers le haut. Au moment où j'avais découvert ces statues, leur frénésie m'avait semblé outrée et leur attitude plus proche de la théâtralité que d'une spiritualité véritable, mais aujourd'hui, c'est au contraire la justesse de leur mouvement qui m'apparaissait : ces torsions imprimées à leur corps provenaient d'un bonheur qu'il ne pouvait plus contenir. Les sons ne me parvenaient qu'atténués, comme si s'était reconstituée autour de nous la bulle lumineuse qui nous isolait dans la roseraie, et du spectacle de la rue, je ne percevais que des taches de couleurs, non des détails ni des formes, encore que je me sois à certains moments obligée à fixer mon attention sur le visage de quelque passant, comme on décide en bateau de jeter l'ancre pour vérifier l'ampleur de la dérive. Le monde ne m'apparaissait plus que de très loin, comme aperçu par le gros bout d'une lorgnette, peuplé de gens auxquels manquait une dimension essentielle : celle que me conférait l'existence de Julien, une joie essentielle : celle de l'aimer. C'est un monde qui m'était étranger, puisqu'il ne tournait pas autour de Julien, mais je le regardais avec l'indulgence que donne la certitude de posséder sur autrui un avantage incalculable.

Je ne sais s'il éprouvait au même degré ces modifications du courant de vie ; nous avions continué à nous écrire, à un rythme quotidien, tandis que nos rencontres devaient demeurer rares. Mais, à la différence des miennes, qui lui décrivaient mon aventure intérieure, ses lettres n'évoquaient pas de changement notable ni de découvertes surprenantes faites sous l'empire d'un sentiment nouveau : Julien vivait cet amour dans la sérénité, il était pour moi un bouleversement sans fin.

Dans ces premières semaines, comme au sortir d'un long enfermement, j'étais occupée à me déployer tout entière, à m'ouvrir pli après pli dans le désir continuel de le recevoir.

10. Écarts

À quelque temps de là, je partis pour Londres où je devais assister à un colloque. Je n'étais pas fâchée de ce départ ; il me donnait l'occasion de reprendre souffle loin de Julien, préludant à ces fuites grâce auxquelles j'échapperais à une tension épuisante.

Cette fois, je pris le bateau et quittai Paris tôt le matin. Une traversée, la vue de l'étendue d'eau, une longue journée passée en état de vacance, voilà qui me semblait propice à un repos nécessaire. Je ne désirais rien que me laisser aller, avant que mon esprit inlassablement ne revienne sur le sujet unique qui depuis deux mois l'occupait.

La veille de ce départ, un épisode m'avait inquiétée. Julien devait, dans la soirée, présider une table ronde qui mettrait en présence un certain nombre d'universitaires et de spécialistes du monde des arts ; à cette occasion, comme toujours en pareil cas, quelques livres des participants seraient exposés dans des vitrines du hall d'entrée de la bibliothèque où se déroulait le débat. À sa demande, j'étais venue le voir officier dans une discussion à laquelle il attachait de l'importance. C'était la première fois que, quittant notre tête-à-tête, je m'aventurai à le rencontrer en public, en une circonstance touchant à l'exercice de sa profession. Je me réjouissais d'une situation où j'aurais tout le loisir de le regarder sans qu'il me voie, sans être distraite de lui par la conscience de ses regards et par les paroles qu'il m'adressait. Et pourtant je craignais un peu cette soirée publique : n'allait-elle pas représenter un décalage, un dépaysement, ou, pire encore, le risque de le voir sous un jour nouveau, de découvrir un aspect de lui que je ne connaissais pas – un aspect où serait révélé un pan de cette vie qu'il avait en dehors de moi, cette vie loin de moi, cette vie où je n'étais pas incluse et dont, peut-être par crainte de commencer à l'imaginer, je ne voulais rien savoir ? Or, avant même que je n'aie eu l'occasion de l'apercevoir dans la foule, ce décalage se produisit de façon imprévisible et plus troublante encore que je ne l'avais prévu. Dans une vitrine d'exposition, on avait ouvert l'un de ses livres à la page de dédicace. Ce que j'y lus me plongea dans un malaise dont, sur le moment, je fus bien incapable de distinguer la cause : les mots que je lisais étaient à peu de chose près ceux qu'il m'avait écrits peu de temps auparavant dans l'une de ses précieuses notes ; cette fois, pourtant, ils ne m'étaient pas adressés. Non qu'il se soit agi d'amour, ce n'était en fait que deux, trois mots évocateurs du printemps, saison où nous nous étions rencontrés, mais soudain Julien n'était plus le même, il n'était plus celui qui, comme moi, vivait exclusivement pour notre amour : il fabriquait billets et dédicaces en série, profitant de trouvailles que lui inspirait le désir de plaire à tous, et non l'amour d'un seul être. Cette impression d'étrangeté avait fait taire tout autre sentiment tandis que je le regardais parader sur l'estrade sans plus le reconnaître : il ne s'agissait pas d'une trahison, mais d'un grave manquement à l'amour, tel que le définissait mon exigence. De cette soirée, je gardai un souvenir d'irréalité : j'avais perdu Julien alors même qu'il était sous mes yeux ; celui que je voyais était un imposteur, un simulateur, je ne parvenais pas à réconcilier sa vue avec l'image qui survivait en moi. Lorsque, à la fin du débat, je m'approchai de cet étranger pour le féliciter, je ne pus que bredouiller quelques mots et refuser son invitation à les rejoindre pour dîner, lui et ses amis, et je m'enfuis sans plus d'explication pour mettre fin à ce cauchemar.

Tel fut le premier avant-goût de l'enfer : être ensemble et pourtant désunis, plus séparés que par un océan, car on peut franchir une distance dans l'espace, mais rien, aucun moyen au monde, ne me semblait pouvoir combler celle-là, qui était mentale. Telle fut, surtout, la première alerte – même si l'intuition m'était déjà venue de la différence existant entre nous –, le signe avant-coureur d'une souffrance avec laquelle il allait falloir composer. Notre rencontre n'avait pas déterminé chez lui de choc, elle n'était pas cette expérience unique vers laquelle devait converger tout le reste, mais elle venait prendre place parmi les autres émotions d'une vie harmonieusement consacrée à la séduction et à l'amour. Si fort que je m'y évertue, il ne pourrait être question de retenir Julien, de l'immobiliser. Ce pressentiment, je devais bientôt le voir se confirmer. Ainsi débuta le long apprentissage au cours duquel devaient m'être révélés les affres et les bienfaits entraînés par un tel écart entre les modes de l'amour. Mais pour l'heure nous en étions encore à ce stade heureux de la passion où l'on a besoin d'aimer à l'unisson, de vérifier à chaque instant que l'on est agité des mêmes mouvements. Je ne m'étais pas plus tôt endormie, d'un mauvais sommeil entrecoupé de rêves, que le téléphone sonnait : quittant ses amis, Julien avait voulu savoir ce que j'avais pensé de la soirée, s'assurer que nous nous verrions le lendemain matin, très tôt, avant mon départ, et l'impatience de sa voix, sa vibration et sa douceur, comme il prononçait les mots de tendresse dont j'allais me repaître des jours durant, dissipèrent soudain les craintes de la soirée précédente. Ce fut là, également, le premier de ces subits revirements qu'il excellait à provoquer et qui du découragement me précipitaient dans la joie.

Je ne restais à Londres que quelques jours. J'étais heureuse de m'y trouver en cette saison : le printemps y avait une grâce particulière, il se déployait avec plus de clarté, d'élan et d'intimité que dans aucune autre ville. Souvent, en guettant l'apparition des premiers bourgeons sur les arbres, je m'étais sentie démunie et comme coupable de mon abattement – de n'avoir rien en moi qui pût répondre à cette vitalité retrouvée, rien qu'une impression de stérilité face à une renaissance qui atteignait pourtant la moindre branche. Certes, j'en éprouvais du plaisir, mais cette sensation confuse me semblait insuffisante par rapport à ce que requérait l'occasion : la force de cette explosion après des mois d'une attente morne dont je restais, moi, indéfiniment prisonnière ; c'était comme d'assister à des réjouissances dont je serais, en raison d'une inexplicable différence, demeurée exclue. La vie était là, mais elle était inaccessible. Mais cette fois j'avais en moi un sentiment d'éclosion assez puissant pour s'accorder au bleu sans faille, aux arbres en fête, à la fraîcheur des feuilles, à tout ce mouvement de la vie qui reprend. Les rues qui m'étaient familières, les jardins et les squares que j'avais longés tant de fois, je les vis d'un œil neuf. Les fleurs possédaient un éclat inconnu, l'herbe était d'un vert attendrissant, l'atmosphère d'une transparence parfaite, la douceur des lointains verts dans les parcs me communiquait une joie qu'à Paris j'avais été trop absorbée pour ressentir. Loin de Julien, dans le calme, je pus enfin penser à lui, n'attendant plus ce coup de téléphone ou cette lettre auxquels ma vie était suspendue.

De façon paradoxale, son absence, je l'avais observé, me rendait une présence dont me privait parfois un excès d'émotion lorsque nous étions ensemble : alors, je n'étais plus consciente de lui ni de mon bonheur, étant privée de la faculté de penser, dans un état second ; ou bien, parfois, il avait encore en lui l'humeur du moment précédant notre rencontre, il était agité ou il était abattu, il avait revêtu l'un des aspects d'une personnalité multiple, mais sous cet aspect-là, si familier qu'il me fût, je ne parvenais pas à retrouver Julien tout entier, à appréhender l'être qu'il était au-delà de ces incarnations successives. Je restais désemparée, près de lui et pourtant séparée de lui. L'intensité de mon désir m'ôtait la faculté de jouir de sa présence.

Il arrive ainsi, dans nos rapports avec les autres, que nous les perdions alors même qu'ils sont à nos côtés, un décalage s'étant soudain introduit entre la façon dont nous les voyons et ce qu'ils nous révèlent d'eux-mêmes, et cet éloignement, l'absence le corrigera, nous restituant notre regard habituel, la sympathie ou l'amitié que nous avions pour eux : c'est qu'elle permet de nous les représenter dans leur ensemble et non plus dans telle particularité qui, s'offrant à notre observation, nous déplaît, nous irrite ou nous déçoit, et occupe notre esprit à l'exclusion du reste.

Je tentai de me représenter ses traits. Toujours, c'était la même expression qui me revenait en mémoire, cet air songeur, absorbé en lui-même, paupières à demi closes, et l'épaisseur de sa bouche, où j'avais décelé, la première fois que je l'avais vu, tant d'appétit et de lassitude et dont le pli, à ce moment, révélait son insatisfaction. À mes yeux, cette expression était comme l'affleurement sur le visage de Julien de son être réel et, parce que j'y lisais la tentation et le déchirement, elle me plaisait entre toutes ; sans doute trahissait-elle sa vulnérabilité, un besoin immense d'être rassuré, mais, je ne m'y trompais pas, elle annonçait aussi la nécessité de se retirer en soi-même, de préserver sa solitude. Alors, je recherchai cette autre expression, qui ne démentait pas cette volonté mais en adoucissait l'affirmation, celle où riant, comme on le dit, à gorge déployée, il révélait, en même temps que le léger espace entre ses dents (cet espace aussi, je l'aimais), un égal besoin de plaisir et de partage. Mais pas plus que l'autre cette expression-là ne pouvait longtemps me tranquilliser, puisqu'il ne se livrait que pour changer l'instant d'après et se reprendre. Est-ce d'une telle mobilité, de ce mouvement incessant, de ces perpétuelles contradictions qui faisaient alterner sur son visage le plaisir et l'inquiétude, que je me suis éprise, est-ce d'une fatigue qui, parfois, le figeait comme un masque, quand s'annulaient l'élan de la vie et le travail de la mort (n'assumait-il pas pleinement la vie, la prenant de front, la cherchant là où elle était le plus intense) ? Je ne sais. Toutes ces justifications ne rimaient pas à grand-chose. Le sentiment qui me possédait n'avait rien à voir avec les qualités ni les défauts de Julien : il échappait à toute mesure comme à toute analyse, étant inscrit au plus profond de moi, dans mon être physique, qui est indissociable de mon être spirituel.

Aurais-je cessé tout à fait de croire en lui que pour une seule de ses intonations, pour un seul de ses gestes, j'aurais continué de l'aimer. C'est dire que mon jugement devait se soumettre à mon amour qui était parti pris d'adoration soutenu par une passion charnelle.

Ainsi, quittant un paysage entièrement organisé autour de sa personne pour adopter le point de vue d'une observatrice extérieure, j'en revenais à l'origine de cet amour et je m'interrogeais sur sa cause, m'étonnant qu'à partir de détails infimes, telle la courbe de ses lèvres, un sentiment d'une telle ampleur ait pu naître. Quel pouvait être le rapport entre certain mouvement de sa main – par exemple, la manière dont il lissait la couverture d'un livre – et la dévotion que ce geste m'inspirait, une dévotion si grande qu'elle emplissait l'espace, étouffant toute velléité de résistance, faisant de moi sa chose ? Pourtant, c'est à partir de semblables fragments que je le recevais ; c'est à eux que je le reconnaissais ; ils étaient comme le signe manifesté de son être véritable, la garantie qu'il était lui et que l'amour qui m'envahissait ne se trompait pas. Son corps, ses gestes, ses attitudes ne pouvaient me mentir, et si ses humeurs successives quelquefois me déconcertaient, si elles ne l'exprimaient, me semblait-il, que bien imparfaitement, du moins une forme, un trait, un mouvement, fût-il fugace, imperceptible, accrochant soudain mon regard, me restituait Julien tout entier. Un jour, je m'en souviens, après une séparation plus longue que les autres, alors que j'avais pris la décision de m'éloigner, il est venu me voir dans le but évident de me reconquérir. Ce ne furent pas ses paroles qui me convainquirent, je m'étais préparée à les affronter et à les combattre, mais un détail oublié, la forme de son petit doigt, légèrement incurvé vers l'extérieur, ce qui donnait au mouvement de sa main quelque chose d'aérien, qui tout à coup m'apparut tandis que je l'observais, faisant remonter à ma mémoire un flot de souvenirs jusqu'alors maintenus à distance, et je me retrouvai sans force, incapable de résister à la douceur qui m'envahissait, dépossédée soudain de toute volonté : mieux que tout argument, la vision imprévue de ce détail dans lequel m'était rendu l'être que j'aimais m'avait frappée au cœur. Quelle étrange impression, celle de se dissoudre, de ne plus pouvoir rallier ses pensées ni son énergie, comme si la vie peu à peu s'écoulait de vous et qu'impuissant, plongé dans une sorte de torpeur, on assistait à un abandon seulement à demi consenti – cette reprise de possession d'un être par le désir.

Je ne pouvais douter de la puissance de ce désir. Si j'étais, à l'époque, loin de saisir les mille tours par lesquels Julien sut l'accroître – mais plus que d'un jeu délibéré, il s'agissait d'un savoir-faire instinctif, d'une disposition de sa nature –, tout au moins avais-je si grande confiance en ce savoir que je m'en remis à lui, découvrant bientôt ce que je ne connaissais pas encore de moi-même.

L'hypnose

Les poules sont de bons sujets pour l'hypnose : il suffit de leur mettre la tête sous l'aile, m'avait-on appris lors de mon enfance campagnarde, et de les faire tournoyer avec force, elles restent alors comme endormies.

En parcourant Fragments d'un discours amoureux, *je trouvai cette description d'une méthode légèrement différente sans doute, mais produisant apparemment le même résultat. La comparaison établie entre la poule et l'amant était ce qui m'intéressait le plus.*

« Je ne suis rien de plus que la Poule merveilleuse du jésuite Athanase Kircher (1646) : les pattes liées, elle s'endormait en fixant les yeux sur la ligne de craie, qui, tel un lien, lui passait non loin du bec ; la déliait-on, elle restait immobile, fascinée, "se soumettant à son vainqueur", dit le jésuite. »

Il ne suffit pas toujours, tant s'en faut, comme dans le cas de la poule, d'une petite tape sur l'aile pour que l'amoureux s'éveille de l'état d'enchantement où il est plongé et reprenne, comme si de rien n'était, le cours habituel de ses activités. La poule s'ébrouait et recommençait à picorer, oublieuse de l'épisode qui avait précédé.

Les zones que traversent la poule et l'amant présentent pourtant de fortes ressemblances.

11. *La première fois*

Libre de l'influence de Julien, je m'accordai à nouveau de revenir sur la première fois (j'avais décidé d'omettre la précédente) et d'en revivre le déroulement. La hâte avec laquelle il m'avait saisie et conduite vers le lit, puis, par contraste, la lenteur de ses gestes tandis qu'il me dévêtait, et ce regard, comme habité, qui ne quittait pas le mien, mon impression (encore qu'elle restât confuse) d'être prise dans un cérémonial dont nous n'étions que les exécutants, l'instant, que j'eus tout le temps d'attendre et d'imaginer, où je sentis, ni timide ni impérieuse, mais forte comme une évidence, son entrée en moi. Alors, je n'eus plus ni pensée, ni mémoire, ni limite. Ses yeux restaient fixés sur les miens, me retenant jusqu'au moment où je me laisserais emporter, attentifs au plaisir que son mouvement amplifiait. Si proches nos visages, et nos souffles se mêlaient, et, de temps à autre, il arrêtait tout mouvement pour que seule s'impose cette conscience de l'union : nous étions l'un en l'autre. Jusqu'au moment du plaisir, pas une seconde, cette fois, elle ne nous quitta. Par la suite, choisissant parfois de m'oublier, il plongeait en moi comme dans la nuit ou dans la mer, pour s'y perdre ; je voyais, au-dessus de moi, et non plus à la hauteur des miens, ses yeux dont le regard impersonnel semblait fixer un point invisible de l'espace ; parfois aussi, d'une voix brève, à la façon dont on lance un appel, il prononçait mon nom comme pour me rappeler que, si loin qu'il fût, il ne m'avait pas totalement quittée. Plus que jamais, il me semblait alors que par-delà ma personne Julien recherchait l'amour, participant d'un mystère qui l'un et l'autre nous dépassait. Au retour de ces plongées dans le plaisir, il me prodiguait les marques de sa tendresse, comme on peut le faire à celle avec qui l'on a partagé une expérience des confins, et cette tendresse, je le sentais, si elle m'était adressée, allait bien au-delà de ma personne – à la vie, au corps qui recelait cette vie, à l'amour dont il était chargé. Nous restions étroitement enlacés, apprenant à force de caresses à connaître, à éprouver du bout des doigts jusqu'au cœur, les courbes, les formes, les creux et les contours et la douceur du corps de l'autre. Je me souviens que ce jour-là je tentai de lui décrire mon sentiment de découverte : il n'était pas une parcelle de son corps qui me restât étrangère, pas une que je ne reçoive et n'accepte dans un acte d'amour, et pas une parcelle de mon corps qui ne s'ouvrît à lui, s'offrant dans un accord où je trouvai la plénitude. « Rien que pour cela, m'avait-il dit, pour une seule fois comme celle-là, il faudrait être toujours reconnaissant, quoi qu'il arrive par la suite. » Pourquoi, alors que j'avais auparavant aimé et connu l'amour physique, cette fois-là fut-elle comme la première, comme si aujourd'hui seulement me venait dans sa totalité, la conscience – mais une conscience du corps autant que de l'esprit – de l'acte accompli ? Rien de ce que j'avais pu ressentir jusqu'alors n'avait compté, me disais-je dans mon ingratitude, n'étant que tentatives qui m'avaient conduite à ce sommet avec lequel elles restaient pourtant sans rapport ; comme un savoir récemment imprimé dans chacune de mes cellules, m'apparaissait soudain un paysage nouveau.

12. Lire

Est-ce à cette époque de notre liaison, ou plus tard, quand d'autres scènes furent venues se superposer à celle-là, que je commençai à mesurer l'étendue de mes trouvailles ? Je ne sais. Le monde m'était dévoilé sous un éclairage inconnu et, soucieuse de comprendre autant que de ressentir, puisque c'était là une façon d'approfondir mon amour et de le posséder davantage, je tentais d'analyser ce qui m'arrivait, reliant ce sentiment si neuf aux grandes pensées sur l'amour que j'avais côtoyées et auxquelles je décidai de retourner ; je me lançais donc dans diverses lectures, plus classiques que récentes, il est vrai – mais les systèmes contemporains n'ont accordé que peu d'importance à ce sujet –, et j'en arrivai à cette source à laquelle tôt ou tard l'on remonte, *Le Banquet* de Platon, texte qui m'avait profondément ennuyée pendant mes années d'études, que j'avais redécouvert plus tard en lisant les poètes romantiques anglais, et dont le sens plein commençait de m'apparaître : ne fait-il pas de l'érotisme l'impulsion vitale qui permet de contempler les formes éternelles et de participer de l'essence ? ne lui confère-t-il pas un rôle et une dignité que lui refuse la religion chrétienne dont l'insistance sur la fonction de l'amour, la procréation, m'avait toujours rebutée ?

Cependant je me gardais bien de faire part de mes réflexions à Julien, sachant que, s'il éprouvait de l'intérêt à me voir me développer sous son influence, il n'aimait pas le travail d'introspection auquel j'avais pour habitude de me livrer, ni l'analyse qui, selon lui, enlevait aux choses de leur spontanéité et de leur mystère. Dès la première longue lettre que je lui avais écrite, exposant les modifications qui s'opéraient en moi, il s'était gentiment moqué de mon abus des abstractions et d'un usage fréquent des grands mots, tel celui d'âme, aujourd'hui passés de mode (mon prénom, Camille, n'était-il pas lui-même désuet, l'indication que je n'appartenais pas tout à fait à une fin de siècle où les choses du sexe, simplifiées et détachées de tout contexte antérieur, n'appellent pas, certes, l'emploi du vocabulaire de la spiritualité mais plutôt celui de l'anatomie?).

Les idées l'attiraient moins que le « réel », l'un de ses mots favoris (un réel touché, il est vrai, par la vision poétique). Aussi m'efforçai-je dorénavant d'ajuster mon vocabulaire au sien, de m'exprimer de façon concrète, en décrivant mes sensations, et cette volonté d'en rester aux questions ordinaires, simples, immédiates – ce que nous voyions, sentions, éprouvions – contribua sans nul doute à préserver dans chacune de nos rencontres cette part de silence et de secret qui est au cœur de tout amour intensément physique. Jamais nous ne nous sommes lancés dans des débats d'idées, jamais nos esprits ne se sont affrontés ; à vrai dire, nous ne parlions que fort peu de nous-mêmes et de notre attachement. C'est seule que je fis mes découvertes, s'il en fut l'initiateur (et voici que là encore, je rejoignais bien malgré moi l'amant platonicien dont le chemin est essentiellement solitaire). Ainsi nos rencontres, comme les cérémonies réglées par un culte, furent-elles invariablement consacrées à l'amour : leur rareté même, l'attente et la tension qui les précédaient déjà préparaient le moment où il allait culminer – ce moment vers lequel tendait le reste de mon existence, soit que je l'aie anticipé, soit qu'indéfiniment je l'aie revécu dans ma mémoire. Loin des psychologies particulières, de leur complexité et des explications qu'elles appellent, il visait à l'état d'illimitation que nous recherchions l'un et l'autre.

En y repensant à distance, je comprends mieux l'esprit qui animait Julien et les progrès qu'il me fit faire dans l'art de l'amour. Je comprends mieux pourquoi des gestes qui avec d'autres avaient eu si peu d'importance, au point qu'instantanément je les avais oubliés, avec lui en avaient revêtu une si grande. Qu'est-ce qui avait, dans cette première scène que je revoyais, conféré à ses gestes une gravité religieuse ? En quoi avaient-ils été différents de tel acte de la génération et pourquoi me semblaient-ils si éloignés de ceux qu'inspire le libertinage ? C'est qu'il les avait accomplis comme un rite, de sorte que l'acte amoureux était sorti de l'épisodique pour devenir significatif de l'amour en soi. La différence était la même, me semblait-il, que celle qui existe entre la représentation d'un nu, de tel corps saisi dans ses caractères particuliers, et ces statuettes primitives, dieux ou déesses de l'amour ou de la fécondité, dont les courbes ou le phallus sont censés incarner l'éros tout entier. Un certain nombre d'indices témoignent qu'on est en présence non du trait individuel, mais du signe. Une autre comparaison, touchant elle aussi au religieux, me venait à l'esprit. Dans la liturgie, de simples gestes prennent un caractère sacré parce qu'on leur attribue une valeur symbolique ; de même dans l'amour, l'intention change le sens et la portée des gestes accomplis. Par l'esprit dans lequel Julien agissait, laissant de côté l'épisode banal de l'accouplement, un parmi tant d'autres, ou peut-être choisissant de les assumer tous, ces accouplements, tels qu'ils se déroulent à chaque instant sur la planète, il avait, dans l'acte amoureux, rejoint l'essence même de l'amour. Nous étions sortis de l'étroit domaine du particulier pour entrer dans celui du général – d'un mystère fondamental, tel qu'il inspira tant d'œuvres d'art primitives où l'érotisme rejoint le sacré. Ce mystère, il m'y avait introduite par toutes sortes d'indications, par le brusque passage de la hâte à la lenteur au moment de se dévêtir, par le regard impersonnel et lointain qu'il avait ce faisant, par les rôles mêmes qu'il nous avait attribués et qui correspondaient à la soumission ancestrale de la femme devant l'homme – j'étais allongée devant lui, tandis que, debout, il me dominait –, par la tension grandissante qu'il ménageait avant l'événement, semblable à celle qui, pour les croyants, précède le sacrement de l'élévation durant la messe, me disais-je retrouvant d'anciens souvenirs et une vieille expérience intérieure. Mais, jouait aussi dans mon impression le désir que je lui connaissais d'atteindre tous les corps à travers un seul, et de les aimer. Je n'étais pas surprise que, suivant la conception de l'éros platonicien, ce stade-là fût considéré comme supérieur à celui qui consiste à n'aimer qu'un seul corps. Il faut bien comprendre, écrit Platon, que « la beauté résidant en tel ou tel corps est sœur de la beauté qui réside en un autre, et que, si l'on doit poursuivre le beau dans une forme sensible, ce serait une insigne déraison de ne pas juger une et la même la beauté qui réside en tous les corps : réflexion qui devra faire de lui un amant de tous les beaux corps et détendre d'autre part l'impétuosité de son amour à l'égard d'un seul individu ». J'avais lu avec intérêt ce passage, car si je remplaçais le mot de beauté par celui de vie – un droit que je prenais puisque, aux yeux de Julien, toute manifestation de la vie était intrinsèquement belle et émouvante –, il décrivait très précisément la démarche amoureuse de Julien. La fin de cette phrase, en particulier, me frappait, car elle dédaignait les sentiments de l'autre, le désir de possession comme la fidélité amoureuse, pour accorder à l'amant une liberté entière. Et, certes, cette liberté, jamais nous ne l'interrogeâmes : elle allait de soi, comme notre silence à ce propos (quel droit avons-nous en effet de confisquer à notre profit la liberté d'un autre, l'empêchant d'exister en dehors de nous, et par là même, de se développer, d'évoluer, de vivre ?).

13. *Le silence*

Dès les débuts de cette relation, le silence fut une règle tacite et librement consentie. Mais si, en ces premiers temps de l'amour, il ne me fut pas difficile de l'observer, puisque je n'avais nulle raison précise de soupçonner que Julien m'était infidèle, dans la suite il m'arriva de me demander si savoir ne serait pas une souffrance moindre qu'imaginer. Tout d'abord, je n'avais tenu compte – mon amour s'en réjouissant comme d'une faveur – que des heures passées ensemble. Son temps m'appartenait, me semblait-il : celui qui m'échappait n'avait pas d'existence, puisque je ne l'imaginais pas. C'est que les heures où nous nous retrouvions me paraissaient devoir éclipser tout le reste, le reléguer dans le néant. Or, peu à peu, je m'aperçus qu'il n'en était rien, que ces heures avaient, elles aussi, une existence, qu'elles pouvaient le rapprocher ou l'éloigner de moi, et je commençai à penser avec une curiosité lancinante à tous ces moments où Julien vivait sans moi, à toutes ces journées tellement plus nombreuses que les autres – celles où il me rejoignait. Si l'amour, comme l'écrit Proust dont j'avais repris la lecture, « dans l'anxiété douloureuse comme dans le désir heureux, est l'exigence d'un tout », alors je mesurais l'étendue de la souffrance impliquée par mon consentement à une liberté où je voyais pourtant sa condition essentielle. Mais jamais je n'acceptai de poser à Julien des questions sur ces jours où nous n'étions pas ensemble, sur ces lieux où il était loin de moi, sur ces autres vies où peut-être il ne pensait pas à moi, où il était heureux en dehors de moi, sans moi. Ce n'était pas sur ce plan – celui des déchirements où l'on s'enlise, celui d'une possessivité abusive, puisqu'elle voudrait faire d'un être libre notre prisonnier – que je voulais vivre cet attachement, même si je fus agitée de tous les mouvements contradictoires, de toutes les pensées torturantes qui vous assaillent en pareil cas.

Soit par souci d'honnêteté, soit par refus de vivre dans des mensonges qui, s'accumulant, auraient risqué de le détruire, soit encore par coquetterie, jouant de ce léger sadisme qui, très vite, marqua nos relations, Julien m'avait laissé entendre que je n'étais pas la seule femme dans sa vie. Longtemps je me suis interrogée sur la raison d'aveux qui n'étaient qu'esquissés, jamais appuyés, glissés comme par inadvertance dans la conversation, et qui, parce qu'ils ne s'accompagnaient d'aucune indication précise, me laissaient dans une incertitude douloureuse, libre d'ignorer ce que je ne pouvais savoir, libre, aussi, de recueillir les indices que les caprices de sa vie ou de ses envies me fournissaient au hasard des heures passées ensemble. Je me demandais si ces demi-confessions étaient dues à un accès de franchise, à la nécessité de se délester d'un poids moral trop lourd, ou – c'était là ce que secrètement j'espérais, puisqu'alors il se serait agi d'une manœuvre reliée à notre amour – au désir de vérifier son pouvoir en me faisant souffrir un peu, banale manœuvre de séducteur. Sa stratégie était si fine, et si légers ses sous-entendus, qu'il était bien difficile de déceler la vérité, ou même de savoir si les aventures ainsi évoquées étaient réelles ou imaginaires, présentes ou passées, et, surtout, à quel point elles comptaient. Mais nous avions pris l'habitude du secret (dans quelle mesure notre amour fut-il nourri par ce secret, par ces absences, par ce que nous taisions ou ne faisions que suggérer?). Dans ce non-dit résidait sa liberté, sinon la mienne (il est vrai qu'en cette période de notre amour, bien peu de temps après m'être juré que de telles excursions devaient rester brèves, j'avais cessé de défendre une liberté qui, dans mes meilleurs moments, ne m'apparaissait plus que comme un état insipide). Il fut le moyen d'atteindre à la plus grande intensité.

Julien m'assurait de son amour, choisissant d'ignorer le désarroi où parfois me jetait une allusion rapide, faite comme en passant, à une vie agitée, fertile en émotions – il ne spécifiait pas de quelle nature –, à laquelle je n'avais pas de part; et il passait sous silence, tout simplement, le malheur où me plongeait le fait de rester des jours sans le voir. C'est à ses affirmations que je voulais me tenir; seuls devaient compter les moments sans pareils, hors de toute limite, dont la nouveauté était entretenue par cette liberté même qui me faisait souffrir, par le mouvement de la vie qu'elle autorisait et les tensions qu'elle engendrait. Hélas, je ne sus pas toujours observer des résolutions aussi sages, obéir à des prétentions aussi hautes; je me serais, en y parvenant, peut-être épargné de trop souffrir.

La beauté des corps, Julien la recherchait bien sûr, mais cette beauté n'était à ses yeux que partiellement liée aux formes extérieures: c'était celle de la vie qui l'émouvait – de la vie qui s'incarnait dans la multiplicité des corps, leur insufflant gestes et expressions, cette vie qui, d'abord, afflue, jaillit, éclate dans son exubérance puis peu à peu, laissant les marques de sa fatigue, s'apaise et se retire. Aussi, qu'elles fussent belles et jeunes, ou marquées déjà par la maturité, les femmes avaient toujours quelque chance de lui plaire : une ride, un pli, un cerne un peu creusé le touchaient peut-être davantage qu'un visage jeune et lisse, car il y voyait encore un effet de la vie. J'aurais dû me réjouir d'une telle disposition, puisqu'elle me laissait toutes mes chances, moi que l'âge commençait d'atteindre, et elle m'aurait en effet rassurée si elle n'avait impliqué que le besoin de séduire de Julien était sans bornes. Que cette aptitude à se laisser attirer par la vie sous tous ses aspects, et non telle qu'elle se concentre en un être choisi à l'exclusion des autres, dût « détendre l'impétuosité » de son amour, selon les mots de Platon, il fallait bien m'y résoudre ; nul doute que ce fût là la cause de la tranquillité avec laquelle Julien aimait.

Pourquoi me rappelait-il dans l'amour ces prêtres antiques dont le regard portant au loin et les lèvres sereines révèlent l'importance du culte qu'ils célèbrent ? Certes, cette impression ne fit d'abord que m'effleurer. Peu à peu, cependant, je tentai d'analyser la réalité qu'elle recouvrait. Julien m'accueillait toujours avec la même émotion ; chacun de ses gestes trahissait la conscience du moment vers lequel nous glissions de façon infaillible, mais, alors même que nous étions le plus proches, je voyais sur son visage cet air absent et grave que j'attribuais maintenant moins à une tension extrême qu'à une certaine distance intérieure : sans doute étais-je la cause première de son émotion, mais – d'instinct, je le comprenais – elle s'adressait aussi, peut-être surtout, aux heures que nous allions vivre, à l'amour qui était en nous, au prodige que c'est d'exister dans ce monde et d'aimer. Il se prêtait à mon désir avec tendresse, remplissant le rôle requis dans notre intime célébration, tandis que moi je voulais passionnément être possédée par lui, rien d'autre ne m'importait. La clé de notre relation, de la douleur qu'elle comporta, du fait que pendant longtemps elle ne perdit rien de sa force, était dans cet écart, je le sus très vite – dans le *détachement* que je découvrais en lui, si différent de mon propre *attachement* à ce que les choses soient accomplies. Toujours quelque chose en lui me demeurerait insaisissable, et ce qui m'échappait était de l'ordre de l'essentiel. Ne m'avait-il pas un jour déclaré qu'il souhaiterait posséder un fonds d'amour sans limites où chacun pourrait puiser à sa guise ? Cette démesure, de vie, d'amour, c'est vers elle que de tout son être il tendait, par-delà la personne aimée qui n'était plus, en quelque sorte, qu'un passage, un moyen d'accès.

Bien entendu, cette découverte, en même temps qu'elle stimula mon amour, devait me faire souffrir. Julien m'aimait sans doute, et il me le disait, ne lésinant pas, lors de nos rencontres, sur les « je t'aime », des mots auxquels je ne cessais de revenir, y ajoutant le murmure de sa voix, et que je portais en moi comme un viatique dans l'attente du moment où à nouveau il voudrait bien me les dire. Mais il ne m'aimait pas de cet amour absolu que je ressentais, moi. Il essayait seulement de me suivre avec une bonne volonté qui aurait dû m'attendrir. Car lui qui m'avait avoué un jour avoir connu tant de femmes, lui qui leur avait fait découvrir « des régions inconnues d'elles-mêmes », m'avait-il dit – et je le croyais volontiers –, il était le plus souvent exclu des délires qu'il avait provoqués. Lors des premiers temps de notre amour, passé l'éblouissement de la conquête, ce qu'il aima le plus en moi, ne fut-ce pas la ferveur avec laquelle je l'aimais ? Je me suis souvent demandé si sa propre émotion n'était pas comme un reflet du plaisir qu'il surprenait sur mon visage dans l'amour – cette irradiation dont il me disait que cela seul suffirait à le rendre heureux. Parfois, je le sentais, il se rassemblait tout entier afin de n'être pas inférieur à ce que j'attendais de lui. Et cette pensée me consternait, alors qu'elle aurait dû m'emplir le cœur de reconnaissance. En vérité, dans une certaine mesure, c'était pourtant le cas, car je savais devoir à sa tendresse, à son respect de l'amour, des attentions que je ne pouvais attribuer à une passion aussi violente, aussi exclusive que la mienne.

Je t'aime

« Passé le premier aveu, "je t'aime" ne veut plus rien dire. » Mais la démonstration de Barthes, un peu trop syntactique à mon goût, ne m'avait pas convaincue (« je-t-aime n'est pas une phrase... C'est une holophrase ». C'est à ce moment que son raisonnement avait cessé de me toucher). Je-t-aime n'était pas pour moi ce mot magique, mythique, par lequel je change à tout jamais : Pelléas meurt après l'avoir entendu de la bouche de Mélisande, et la Belle, en le prononçant, métamorphose la Bête en prince charmant. Sur moi, il n'avait hélas pas ce pouvoir décisif. Mes doutes lui survivaient. Je comprenais mieux Barthes quand il ajoutait : « Je-t-aime est sans nuances. Il supprime les explications, les aménagements, les degrés, les scrupules. »

Les explications et les aménagements, toutes choses qui avaient en effet besoin d'être supprimées. En me disant « je t'aime », Julien cédait certes à un élan, à un moment d'euphorie, mais il opposait aussi à mes craintes, aux questions que j'étais tentée de lui poser, une réplique définitive. Passé le moment de joie qui suivait ces mots, je n'étais pas loin de penser que « je t'aime » était une façon de me faire taire. On ne revient pas sur une telle affirmation : elle est la fin en même temps que le commencement, on ne peut rien lui soustraire, rien lui ajouter, elle tient lieu de tout discours et se suffit.

14. *L'Expérience intérieure*[1]

C'est à cette époque que je commençai d'entrevoir l'une de ces vérités fondamentales dont la recherche vous occupe, tout au moins par intermittence, une vie durant. Mon rapport au monde en fut peu à peu transformé.

Implicitement, mon éducation m'avait enseigné qu'il est des plaisirs hauts et qu'il en est de bas, que certains vous élèvent l'esprit, tandis que d'autres vous abaissent. Sans que les choses soient clairement exprimées, il apparaissait que ce qui relevait du domaine de la vue et de l'ouïe était noble – dans ces plaisirs entrait la contemplation des œuvres d'art et des paysages, ou celui qu'on prend à écouter de la musique classique –, tandis que le goût, l'odorat et le toucher n'offraient que des joies d'une espèce inférieure (avec une préférence, tout de même, pour l'odorat dont il fallait reconnaître qu'il procure quelques joies élevées). Ainsi le plaisir pris

---

[1]. « *L'expérience intérieure de l'érotisme demande de celui qui la fait une sensibilité non moins grande à l'angoisse fondant l'interdit, qu'au désir menant à l'enfreindre.* C'est la sensibilité *religieuse*, qui lie toujours étroitement le désir et l'effroi, le plaisir intense et l'angoisse. » Georges Bataille, *L'Érotisme*, Éd. de Minuit, 1957. Les italiques sont dans le texte.

à un bon repas était négligeable, un peu dégradant, en tout cas teinté de vulgarité – plaisir du corps –, alors que la vue d'un banquet immortalisé par le sculpteur d'une fresque romaine vous réjouissait, elle, à bon droit, puisqu'il s'agissait d'un plaisir de l'esprit, qui plus est, relié à la culture classique. De la sexualité, on ne parlait pas, bien qu'elle entrât, à mon avis, plutôt dans la seconde catégorie de plaisirs, avec, en sus, ce poids de crainte et de réprobation qui est lié aux choses si graves qu'elles appellent le silence. Cet ensemble de jugements, qui sans être jamais formulés imprégnaient la vie quotidienne, impliquait que le corps et l'esprit (ou l'âme selon les cas) étaient deux entités distinctes, l'une inférieure, l'autre supérieure, et qu'il n'était pas de communication entre elles.

Bien entendu j'avais, comme tout un chacun, contesté à l'adolescence les visions simplistes de mon éducation, mais ce rejet était resté d'ordre intellectuel, aucune expérience profonde ne m'ayant appris, *de l'intérieur*, quel lien puissant existe entre le physique et le spirituel. Or voici que, bien tardivement, je découvrais qu'une sensation, une simple sensation, comme le poids de la main de Julien sur la mienne, pouvait être la clé de l'univers, le point de départ d'une expérience sans limites. À plus forte raison, la sexualité ouvrait un passage au-delà de l'état habituel.

Le vocabulaire profane ne me suffisait plus. J'étais entrée dans un autre ordre de réalité. Pour rendre compte de la distance qui séparait les deux milieux où je me déplaçais maintenant : celui de la vie quotidienne et celui auquel j'avais accès dans l'amour, j'eus recours à la notion de sacré, ou d'« érotisme sacré », l'érotisme correspondant à mon sens à une expérience d'ordre religieux, si l'on veut bien ne pas prendre ce mot dans son sens étroit, quand il est lié à une religion définie.

Cette pensée me permit, en certains moments de souffrance, de dissocier totalement la vie « en amour » et la vie hors de lui : entre ces deux vies n'existait pas de commune mesure ; ainsi pouvais-je accepter, avant que je n'en comprenne la nécessité, l'alternance des périodes de mort intérieure que m'imposèrent parfois les longs silences de Julien, et des heures d'extrême passion qui leur succédaient, brusques changements auxquels nous dûmes d'entretenir la température élevée à laquelle nous vivions.

Ce désir de nous situer dans « la vie en amour » et d'échapper à la routine abêtissante nous fit refuser l'enracinement dans le quotidien. Il serait plus exact de dire que Julien le refusa, puisque, pendant longtemps, tout en constatant l'effet bénéfique de l'absence sur l'amour, à quel point elle accroissait mon besoin de lui, je parvenais mal à accepter ce qui me faisait tant souffrir.

Pendant les années que dura cette liaison, nos rencontres demeurèrent rares, je pense l'avoir dit – assez fréquentes pour que nous ne puissions jamais nous habituer à l'absence, assez éloignées pour me faire désirer, souvent jusqu'à l'angoisse, de le revoir, de le toucher. Chacune fut entourée d'une attente qui augmentait le désir et jamais nous ne connûmes la disgrâce de nous approcher l'un de l'autre avec indifférence. Dans quelle mesure cet espacement fut-il concerté ? Des déplacements continuels le justifièrent en partie. Mais il me semble plutôt que Julien agissait d'instinct – un instinct, il est vrai, aiguisé par l'expérience –, préservant à la fois une liberté qui était sa respiration même et la nouveauté d'un amour qui échappait à l'habitude. Je ne sus jamais démêler en lui la part d'ivresse de celle du sang-froid et du jeu. Le sang-froid le poussait à repartir et le jeu à exploiter une telle disposition.

Et moi, poussée par une possessivité que je ne parvenais pas à vaincre, même si je la jugeais avec sévérité, je tentais désespérément de m'assurer de son amour, de saisir ce qui devait se dérober. Autant vouloir arrêter le mouvement de la vie. Il avait le don de vivre dans l'instant, de s'y jeter à corps perdu, consommant l'existence avec une prodigalité qui ne cessait de m'étonner. Telle une avare, je thésaurisais les impressions afin d'y revenir dans les moments de solitude, apaisée seulement lorsque j'avais pu en prendre pleinement possession, comme dans mon enfance j'aimais à regarder à la surface de l'eau les cercles produits par le lancement d'une pierre s'élargir, s'atténuer, puis disparaître. Le miroir de l'eau, aussi lisse que si n'avaient pas existé la pierre, le jet et la brisure, me fascinait par l'absence de toute trace, par ce calme retrouvé où était englouti l'événement.

Ce besoin de l'extrême nous fit aussi rejeter explications, mises au point, reproches et récriminations, analyses de nos différences et psychologie ordinaire – ces explorations de la périphérie qui nous eussent emmenés bien loin du centre brûlant où nous avons voulu maintenir l'amour. Bien entendu, cette méthode, qui s'accordait avec mon goût du silence et avec son désir d'harmonie, ne comporta pas que des avantages, elle impliquait de taire trop de choses qui avaient de l'importance, comme en témoignaient les avertissements brefs que je trouvais parfois dans les lettres de Julien – sa liberté était menacée –, ou mes velléités de fuite, de repli, mon épuisement intérieur. Pourtant, je ne saurais trop insister sur ce point, ces tensions pendant longtemps convinrent à ce que nous attendions de l'amour.

15. « *Et dans la volupté, je languis de désir* »

Pour en revenir à mon voyage à Londres et aux débuts de notre amour, je crois que jamais je ne passai autant de temps à rêver dans les parcs, inoccupée en apparence seulement. Loin de Julien, je pouvais penser à moi et mesurer la force que me donnait son amour, songer aux transformations qu'il avait opérées en moi ; j'avais tout le loisir d'en étudier les effets.

Il est inutile d'insister sur une métamorphose que tous les amoureux connaissent. Enfant, alors que je passais des vacances chez des amis, j'avais été frappée du changement subit et vraiment étonnant qui en quelques minutes avait affecté le visage, jusque-là morose, d'une jeune femme ; le dîner avait été interrompu par un appel téléphonique et elle avait quitté la table, silencieuse comme à son habitude, pour y répondre. Quand elle nous rejoignit un peu plus tard, ce fut comme une apparition : elle rayonnait littéralement de bonheur ; elle ne dit pas un mot, ne se souciant pas plus de nous exposer la raison d'un tel changement que de nous cacher les signes évidents d'un état qui la plaçait si loin de nous, mais son regard lointain, ses traits adoucis, son air d'absence disaient suffisamment la joie qui l'habitait et se suffisait à elle-même.

Si l'amour accentue naturellement le flux de la vie, qu'en est-il lorsqu'il touche un être d'âge mûr – un être, comme moi, affligé d'une longue paralysie, pour qui les actes de parler et d'écouter n'impliquaient aucun engagement véritable, puisqu'ils correspondaient à une suite de rôles tenus tour à tour pour les besoins de la vie en société, un être, pourtant, à qui pèse son immobilité profonde au point qu'il la ressent comme une forme de mort ? Si l'on écoutait avec le cœur, et non avec l'oreille qui ne saisit que la parole, ceux à qui les mots font défaut, ou le talent de capter l'attention, l'on percevrait à travers leur silence apparent un appel, un cri de détresse, car leur impuissance à traduire la vie souterraine qui les habite n'a d'égal que leur désir de le faire, et, en regard de ce désir si violent, tous leurs efforts, toutes leurs tentatives, comme autant de bouteilles jetées à la mer, leur semblent vains, voués à la défaite, toujours insuffisants.

Alors, je me sentais étrangère à tout et, à regarder les autres dans leurs évolutions, il me semblait qu'ils jouissaient, eux, de ce contact heureux avec les choses qui m'était, à moi, par quelque étrange défaut de ma constitution, refusé, qu'ils participaient d'une vie dont j'étais exclue, et cette vie à laquelle je n'avais point part et qui se déroulait devant moi, je la concevais un peu comme un lieu qui me demeurait interdit parce que je n'en avais pas la clé. En réalité, c'est moi qui étais enfermée – recluse en moi-même, incapable de m'exprimer, prisonnière de désirs sans issue (on sait qu'on désire quelque chose, mais quoi ?) et de rôles auxquels je ne croyais qu'à demi, attachée en dépit de tout aux promesses d'une vie plus profonde entrevues dès l'enfance. Mais, telle était la question, comment gagner ce courant de vie que sans cesse l'on pressent, quand les moyens vous font défaut (et ces moyens sont multiples, écrire n'étant que l'une des façons d'atteindre ces profondeurs vivantes), quand la terne routine quotidienne vous maintient en état de pesanteur, séparé, comme dans le supplice de Tantale, des biens que l'on voit sans pouvoir s'en saisir ? Il fallait découvrir la clé de cet autre monde, le moyen qui entre tous vous appartient de le rejoindre. En d'autres termes, il fallait trouver la voie – chez l'écrivain, la voix, la petite voix intérieure – qui vous est propre.

Je ne doute pas que ce désir si longtemps retenu, que ce besoin de vivre longtemps entravé n'aient constitué l'impulsion principale de mon amour. Il eut l'essor que lui donnèrent des années de stérilité, d'immobilité mal acceptée. En lui se dénouèrent les errances, les frustrations, l'angoisse qu'on accumule au cours d'une vie. Il me semblait, lorsque Julien était en moi, que je n'avais vécu que dans l'attente de ce moment, qu'il justifiait le temps perdu, le vain désir d'autrefois, la souffrance passée et les heures de mal-être ; et même, cette souffrance, non seulement j'en voyais la raison, mais elle me paraissait maintenant nécessaire puisque c'est d'elle que provenait la force de cette passion. Comme la tache de couleur vive qui, dans un tableau, équilibre les masses et les tons, leur donnant de la profondeur en même temps qu'une raison d'être, mon amour conférait un sens à ce qui jusqu'alors n'en avait pas : ma vie passée s'organisait autour de lui, ou, plutôt, tout en elle aboutissait à lui. Aurais-je aimé de cette façon, avec ce sentiment d'éclosion de l'être entier si auparavant je m'étais dépensée, si j'avais trouvé d'autres manières de rejoindre la vie ?

Du jour où j'ai aimé Julien, les choses ont cessé de m'être extérieures. La vie affluait, un bonheur diluvien. Dans le même temps avait disparu cette impression d'être invisible qui, selon les circonstances ou mon état, tantôt me convenait, tantôt m'accablait : j'avais pris conscience de mon corps – cette conscience qui aimante le regard des autres, tant il est vrai que les formes ne nous frappent qu'à partir de l'esprit qui les anime. Parce que Julien aimait ce corps, je le sentais désirable et j'en étais fière. La jeunesse n'a rien à voir dans une telle revivification ; jeune, j'avais éprouvé parfois un plaisir narcissique à être regardée : je me sentais belle ; mais aujourd'hui je me sentais vivante, et cette vie, puisqu'elle lui était due, était un don bien plus précieux que la beauté qui m'était rendue de surcroît. Telle la jeune femme nimbée de lumière qui autrefois avait fait son apparition dans la salle à manger où nous dînions, je savais que j'attirais moi aussi les regards par l'intensité du sentiment que je portais. C'est à cette époque, je crois, qu'entrant un jour au restaurant, pleine encore des heures consacrées au plaisir, je compris à l'expression des dîneurs attablés qu'ils *savaient*, qu'ils lisaient sur mon visage les gestes de la scène précédente aussi clairement que s'ils y avaient assisté ; il y avait dans leur insistance, me parut-il, plus que l'indifférente curiosité avec laquelle on accueille chaque nouvel arrivant qui vous distrait du semi-ennui d'un tête-à-tête prolongé : une sorte de surprise et, qui sait, de brève fascination ; mais, si je ressentis comme une forme d'impudeur ce débordement de ma vie privée, cette soudaine disparition des cloisons – ne venais-je pas de leur ouvrir la porte de la chambre blanche et de leur donner un aperçu de ce qui s'y passait ? –, je n'en fus pourtant pas gênée, car il était à mon sens naturel que le reste de la vie s'ordonnât autour de l'amour. Et n'est-il pas étrange, en effet, que dans l'existence courante le sexe soit si parfaitement occulté, que rien, le plus souvent, dans le comportement ou le regard ne vienne rappeler la réalité fondamentale du désir (alors que les images publicitaires en jouent presque exclusivement), que les mille attitudes de la vie en société s'ingénient à faire oublier ce qui pourtant compte le plus : les gestes de l'amour vers lesquels la journée s'achemine et que dissimulent la nuit et le secret des murs ? Tout se passe comme si l'on ignorait délibérément, dans les relations sociales qui de jour en jour se nouent ou se défont, l'éventualité d'un rapport plus précis, d'un aboutissement secrètement désiré. L'un des mérites principaux de Julien à mes yeux était précisément qu'ayant fait de l'amour sa préoccupation essentielle, il ne cessait, de toute sa personne, de le proclamer : par son regard qui vous distinguait des autres, par ses mouvements, par son rire qui lui rejetait légèrement la tête en arrière, par l'expression de sa bouche à la fois avide et lasse, par ces mimiques qui, tout en étant parfaitement naturelles, puisqu'elles suivaient le cours changeant de ses humeurs, révélaient bientôt le séducteur – non celui qui pour plaire a recours à des techniques cent fois éprouvées, à tout propos resservies : il s'agissait de cette vraie séduction dont les improvisations permanentes reposent sur une compréhension véritable du sexe. À la différence de ceux que leur timidité condamne à des audaces furtives et bêtes et qui, un beau jour, par exemple, vous touchent la jambe sous la table sans autre préambule, il abordait l'amour de front, déclarant vite ses intentions, non par quelque geste venu mal à propos, mais tout naturellement, en exprimant la pensée qui faisait si intimement partie de lui-même.

C'est occupée de ces constatations que je revins à Paris. Non seulement le malaise de notre dernière entrevue en public s'était dissipé, mais, la distance et la réflexion aidant, j'étais emplie de reconnaissance envers celui à qui je devais de telles découvertes. Ce fut là notre première séparation. Au téléphone sa voix avait cette inflexion caressante qui eut toujours sur moi un effet si puissant : de l'entendre, déjà je me sentais près de lui, mêlée à lui, envahie, comblée. Le son de cette voix prononçant les mots de tendresse les plus ordinaires, « mon chéri », comme il le faisait souvent, le seul son de cette voix, alors que j'avais cessé de saisir le sens des mots, avait agi sur moi à la façon d'un charme, me transportant dans un autre état, un autre monde.

Avant de le rejoindre, comme toujours, et plus encore cette fois si c'était chose possible, je me préparais, avec une minutie, une attention, un soin presque douloureux tant j'avais souci de lui plaire. Il avait beau m'avoir déclaré que, si c'était par mon physique qu'il avait été d'abord attiré, c'est ensuite pour moi-même qu'il m'avait aimée, je ne me sentais tranquille – et encore ! comment parler de tranquillité quand je me dirigeais chez lui le cœur battant à tout rompre, anxieuse de le satisfaire cette fois autant que la dernière, anxieuse que se déclenche la scène chaque fois renouvelée de la séduction ? –, je ne me sentais un peu apaisée que lorsque le miroir – miroir, mon beau miroir qui ne doit pas me mentir – avait renvoyé à mes yeux exigeants une image présentable, délivrée des rides, cernes, sillons et autres cadeaux du temps. Reposée, maquillée et poudrée, baignée, limée, épilée, poncée, parfumée, enfin je me sentais prête. Cette préparation avait en fait commencé la veille, puisqu'elle exigeait un long sommeil : à vrai dire elle était perpétuelle ; aucun souci majeur ne devait plus encombrer une vie que j'entendais dédier à l'amour. Par un dernier scrupule, j'ôtais légèrement le surplus de maquillage, l'excès de poudre qui m'aurait épaissi les traits et donné cette apparence artificielle qu'il n'aimait pas. Que dire du parfum que j'avais choisi après des hésitations sans nombre : il devait avoir le naturel d'un parfum de fleur sans en avoir la fadeur ou le côté entêtant, être à la fois doux, suave et raffiné comme le jasmin de ces nuits chaudes qui donnent la nostalgie de l'amour, il devait être discret mais aisément reconnaissable, tenace sans être vulgaire... bref, je lui demandais de m'accorder les moyens complexes de l'attirance que je désirais exercer, de contribuer à la magie de ces moments auxquels il demeurerait associé, peut-être de provoquer en Julien, parce que, un jour, en mon absence il lui semblerait le respirer, un besoin accru de me revoir. Ne m'avait-il pas demandé, avant que nous ne nous séparions quelques jours, de me laisser le foulard que je portais ce jour-là, vêtement, qui, imprégné de mon odeur, me remplacerait auprès de lui ? Il est probable que de tous ces rôles le parfum choisi ne fit que me conférer un peu d'assurance ; je ne le portai jamais qu'en ces occasions et le flacon vint s'ajouter à la collection d'objets ordinaires utilisés pour nos rencontres, que l'amour éleva au rang d'objets réservés, d'objets sacrés. Je le conservais des années, bien après que j'eus quitté Julien ; du parfum ne restait plus qu'un dépôt brunâtre et odorant au fond du verre.

Quand je ne prenais pas le métro, ce qui était rare, puisque, je l'ai dit, cette descente sous terre, avec sa remontée, me semblait convenir au genre de voyage que j'effectuais, je venais le retrouver en taxi. Le trajet me donnait l'occasion de vérifier auprès du chauffeur l'effet de mes efforts récents. Il ne s'agissait pas d'une entreprise de séduction, médiocre répétition avant la scène qui allait suivre, mais j'avais remarqué que l'amour, soit qu'on l'anticipe et que cette tension heureuse se lise sur le visage, soit qu'on porte encore sur soi sa trace, ne manque pas d'éveiller l'attention des hommes qui vous approchent ; jamais autant qu'en cette période, je n'avais suscité l'intérêt des chauffeurs des taxis, à croire que durant ces premiers mois, par quelque hasard inexplicable, j'étais tombée sur une espèce de chauffeurs différente, plus éveillée, plus familière, portée aux plaisanteries sur le sexe, volontiers égrillarde, quand ils ne se montraient pas entreprenants. Un jour, l'un d'eux me proposa de s'arrêter dans un des hôtels louches du quartier que nous traversions, me décrivant en mots simples et précis les plaisirs qui nous y attendaient. J'imaginais l'escalier étroit au tapis élimé dont l'un derrière l'autre nous gravirions les marches, puis la chambre avec son grand lit défoncé et son couvre-pied en peluche marron, à moins que ce ne soit une rayonne luisante de cette graisse dont l'usage et la saleté revêtent les étoffes, et dans un coin, l'inévitable lavabo écaillé et jauni; j'imaginais la façon dont cet homme gras et laid ôterait ses vêtements, sa nudité obscène et mon absence de désir, et, tout en continuant d'imaginer, je mesurais quelle obscure fascination la répulsion peut exercer, quel attrait elle peut avoir. À en croire ce chauffeur, bien des femmes se laissaient tenter et montaient avec lui dans un hôtel borgne ou un autre pour y passer une heure entre deux courses, il avait un certain nombre d'adresses de ces hôtels peu chers, me disait-il, c'était là toute sa vie, sa vraie raison de vivre, et ainsi fallut-il que je rencontre, avant de rejoindre Julien, quelqu'un dont l'existence était elle aussi, à l'insu de tous, consacrée au sexe. Ces confidences et ces images passablement sordides, induites par mes propres dispositions intérieures et par le climat hautement amoureux dans lequel je vivais, créaient en moi un certain trouble sensuel. Le désir est moins délicat que l'amour et les situations les plus opposées par l'esprit qui les animent le remuent; entre les propositions du chauffeur de taxi et les promesses de la chambre blanche où je retrouvais

Julien, voilà que j'étais tentée de voir sinon une ressemblance, du moins une lointaine filiation, une origine commune dans ce que d'aucuns se sont plu à nommer « le mystère de l'éros » ; toute cette brève conversation, à laquelle quelques mois plus tôt je ne me serais pas même prêtée, tant l'idée m'aurait déplu, survenant en cette minute précise, me confirmait que ce mystère, grâce à Julien j'y avais pénétré, que je pouvais sans crainte assumer, ce jour-là et les suivants, de représenter l'amour, de maintenir pour lui l'état de vie en amour.

Je me souviens qu'en descendant du taxi j'y oubliai un livre que je destinais à Julien ; le chauffeur me rappela, me tendit le livre et me fit remarquer avant de repartir : « Tout de même, je vous ai troublée... » De cette aventure, que je racontai à Julien, espérant le surprendre et, peut-être, lui aussi, le troubler, ce fut le seul détail qu'il releva, sans doute parce que seule lui sembla digne d'intérêt la subtilité de ce dernier plaisir.

Munie de l'assurance que m'avaient ainsi donnée un regard ou une parole, je sonnais le cœur battant à sa porte.

Cette fois, la sonnerie avait à peine retenti que la porte s'entrouvrit. Suffisamment pour que l'instant d'après je sois pressée contre lui, serrée à étouffer, comme pour annuler toute distance entre nos deux corps, enfermée dans ses bras, le seul lieu au monde auquel je me sentais appartenir. C'était son étreinte, sa chaleur, sa voix, sa vivacité et sa tendresse, son goût de la vie et son angoisse profonde, c'était lui tout entier tel que mille fois je l'avais rêvé dans mon attente, tel que mille fois je l'avais désiré ; dans le court instant que je passai contre lui, tout cela me fut rendu et je ne désirais rien d'autre que ce qui m'était donné : le regarder, l'entendre, le sentir, le toucher.

Cette rencontre entre dans la succession, entrecoupée de pauses, des moments dénués de pesanteur que Julien me fit connaître. Par quels moyens inconnus, me demandai-je, me procurait-il une si grande, une si fine variété de sensations ? Sous les doigts de Julien, je découvrais que mon corps recelait une gamme infinie de possibilités nouvelles. Tandis qu'il me caressait, je ne cessais de m'observer, surprise qu'une simple pression de sa main, un simple attouchement de ses doigts puissent me produire un tel effet. Il me semblait, quand il me touchait, qu'entre nos deux corps existait un accord mystérieux, une sorte de divination, imprimant à sa main la douceur et la fermeté requises, la dotant de la précision exigée par l'endroit qu'il venait d'effleurer. Cette science de ses gestes – une science qui me paraissait inspirée par les désirs les plus secrets de mon propre corps –, elle ne cessait d'être surprenante dans son raffinement et sa justesse. Comment, en effet, pouvait-il « savoir » avec tant d'exactitude que cette caresse-là, en ce point-là de mon corps devenu tout entier sensible, était celle qu'entre toutes j'appelais, celle qui allait me causer un plaisir aigu jusqu'à la douleur ? Un plaisir exquis, si l'on donne à ce mot l'ambiguïté qu'il a en anglais où il est associé à la souffrance aussi bien qu'au plaisir, puisqu'il créait tout aussitôt le besoin d'un plaisir plus intense encore, irritation qui ne trouvait d'apaisement que dans les grandes gifles que, parfois, dans un paroxysme d'excitation, il m'envoyait au visage.

J'avais eu un mouvement de recul la première fois que Julien m'avait parlé du besoin, dans certains moments d'intensité amoureuse, d'exercer, ou de subir, la violence. M'étaient revenues en mémoire des gravures et illustrations érotiques, assez comiques parce que dans leur similitude et leur maladresse elles révèlent une telle pauvreté d'invention, et auxquelles ont aujourd'hui succédé les bandes dessinées, plus crues et audacieuses, mais dépourvues du charme désuet qui agissait dans le cas des premières. C'était la monotonie, l'aspect risible et répétitif du théâtre de la perversité qu'avaient évoqué les paroles de Julien. J'y avais opposé l'affirmation de mon horreur viscérale et résolue de toute violence physique. Brièvement, suscitée par mon inquiétude naïve, la vision des visages fiévreux et épuisés qu'avait distingués l'époque décadente – celui d'Aubrey Beardsley, long et osseux, ou de Swinburne, un nabot au crâne disproportionné – m'avait effleuré l'esprit, se superposant aux traits de Julien.

Mais la violence en quelque sorte rituelle à laquelle il allait m'initier, violence parfaitement contenue et mesurée, n'avait aucun rapport avec les gesticulations pathétiques que ce mot m'avait rappelées. Avec lui, j'en vins à comprendre ce besoin d'excès qui est lié à l'exaspération toujours plus forte du désir, besoin de souffrir ou de faire souffrir, de soumettre ou de se soumettre, besoin mêlé de mort, insondable et obscur, qui, à son extrême limite, débouche sur celui de tuer ou de mourir. Mais ni l'un ni l'autre nous ne recherchions pour elle-même l'intensité du plaisir. Ces gifles que Julien me donnait ressemblaient à mes yeux aux gestes symboliques par lesquels, au théâtre, comme dans la liturgie, l'on signifie un sentiment, ou une disposition intérieure, gestes rituels, impersonnels pour ainsi dire, dont importe le sens plus encore que l'effet, en l'occurrence l'agression présente dans le sexe et la très ancienne domination de la femme par l'homme. Et c'est bien ce sens qu'il me transmettait, alors que je cédais au désir de subir sa loi, de m'y plier, d'être anéantie, de cesser d'exister. Ce désir d'abdication que j'acceptais dans l'amour, alors que j'appelais les coups ou m'agenouillais devant Julien, combien il m'eût semblé révoltant si je l'avais soupçonné en toute autre situation, s'il m'en était venu la tentation dans la vie sociale ou professionnelle, moi qui avais établi mon indépendance et les succès que j'avais pu avoir, sur le refus d'être jamais dominée, de jamais céder une once de mes devoirs ou de mes droits.

Il nous arriva de nous laisser emporter très loin, comme ce soir d'hiver où je vins rejoindre Julien plus tard que d'habitude, dans une pièce que transformait peu à peu l'obscurité envahissante; nous avions allumé, dans un coin reculé, une lampe dont le cône lumineux nous éclairait partiellement, projetant de grandes ombres à travers la chambre. Un silence profond contribuait à nous retrancher du monde extérieur, celui même du repli de l'hiver, quand sont fermées toutes les fenêtres par où s'échappent au retour de l'été les bruits de la vie quotidienne. Était-ce l'étrangeté nouvelle de ce décor, le silence qui enveloppait nos gestes, ou la vision d'un visage inconnu que la lumière parcimonieuse n'éclairait que par fragments, isolant, selon les mouvements de Julien, tantôt l'œil, tantôt le nez, tantôt telle partie du corps, remplaçant ainsi l'être familier par un autre, à la fois proche et étranger? Je ne reliai plus l'événement à aucun de mes repères habituels. Ce soir-là, je me laissai dériver dans le plaisir, sans plus me soucier de l'union, attentive seulement à des sensations dont chacune, tant elle était aiguë, semblait devoir me précipiter dans cet abîme où je perdais conscience. Il m'avait tout d'abord fait allonger devant lui, et, choisissant de me dévêtir à demi, il avait tour à tour dévoilé, dans la lumière rare qui tombait sur le lit, ces parties de mon corps qui étaient recouvertes. Avec une douceur attentive, il avait relevé ma jupe que, connaissant ses goûts, j'avais choisie très large, il avait repoussé le linge fin en dessous, puis, avec la même douceur songeuse, me pliant les jambes, il les avait largement écartées. Il avait disposé mes vêtements avec soin, en sorte de souligner la nudité qu'ils découvraient. M'ayant ainsi apprêtée pour un cérémonial dont le déroulement me restait ignoré, il s'était éloigné, me laissant seule, exposée comme sur une scène, écartelée ; ensuite, sans me quitter des yeux, il avait rejoint son bureau et écouté quelque lettre dictée dans l'après-midi. Et de rapprocher ainsi les activités amoureuses et celles de la vie courante, de ravaler les premières en les associant aux secondes, il conférait une puissance nouvelle à la sensation d'être dévoilée, exhibée – un pouvoir dû à la surprise et à l'outrage. J'étais offerte à ses regards, autant que l'est un objet considéré par l'acheteur éventuel, dans une position dont je sentais l'impudeur, tandis qu'à distance, selon toute apparence indifférent à ce spectacle, le dédaignant même, quoiqu'il ne l'ait pas quitté des yeux, il continuait à mener ses affaires ordinaires. Puis il s'était rapproché, en silence toujours ; agenouillé au pied du lit, il avait enfoui son visage dans cette chair qu'il avait dévêtue quelques instants auparavant, comme pour lui rendre hommage après l'avoir abaissée ; et dans ce va-et-vient de l'amour entre le bas et le haut, dans un avilissement qui augmentait la distance à couvrir, m'apparaissait la source du plaisir le plus profond. Allongée devant lui, encore à demi habillée, j'étais entre ses mains telle une chose dont il disposait au gré de ses envies, me tournant et retournant, pétrissant et malaxant, se livrant à quelque étrange travail dont je ne suivais plus les étapes, occupée seulement à recueillir les nuances d'un plaisir que me dépêchait, semblait-il, une extraordinaire variété d'instruments à l'œuvre en ces points-là, les plus intimes de mon corps – du plus fin, du plus aigu, du plus pénétrant, au plus lourd, au plus lisse et au plus doux et je ne savais ce qui allait, venait, entrait, sortait, ne savais distinguer entre la précision des caresses qui se succédaient et celle des coups qui parfois me cinglaient, tant les uns et les autres, ils me transperçaient de plaisir. J'étais maintenant à plat ventre couchée sur le lit, les hanches légèrement rehaussées par un coussin, offerte ; il avait pris garde de maintenir mon visage tourné vers lui pour y surprendre les effets de la jouissance. Nous n'étions plus qu'une même tension, une même soif de nous mêler. Cela, cet exaucement, cette fois il ne le voulut pas, préférant lutter contre le désir.

À présent, debout dans l'obscurité et déjà revêtu de son manteau, il semblait sur le point de partir, quand d'un geste rapide, comme pour me montrer la violence du contrôle qu'il exerçait sur lui-même, écartant les pans de son vêtement, il se dénuda ; dans le même instant, comme entraînée par son mouvement, je glissai à ses pieds, et, agenouillée là, contemplais un moment son sexe : ce point de sa personne où avait reflué une si forte charge de vie ; puis, avec dévotion, je le pris dans ma bouche et, tout du long, j'en éprouvai la douceur et la force ; était-ce la nuit qui dissimulait nos visages et effaçait nos identités, isolant la partie du corps contemplée et lui conférant une présence et un sens mystérieux, inédits, comme au sexe dur de ces idoles dont on néglige le visage simplement esquissé, était-ce l'état de suprême excitation où me laissait notre abstinence, mais jamais je n'avais à ce point ressenti le respect mêlé d'effroi qu'inspirent les choses sacrées, ni le désir de les servir et de me prosterner. Mais il n'avait voulu cette dernière caresse que pour l'écourter et bientôt, me repoussant doucement, il eut la force de se reprendre et s'éloigner ; et je me pliais encore à cette exigence, sachant que si nous avions apparemment méconnu l'essentiel, ce dont je ne pouvais m'empêcher d'avoir de la révolte, j'avais aussi progressé dans la science du plaisir, entraperçu les fonds qu'elle peut ouvrir. Il ne s'agissait en effet que d'accroître le plaisir par la privation, je crois l'avoir dit, et non de cette ascèse utilisée par certaines religions, ascèse dont je ne compris que plus tard le parti que l'amour pouvait en tirer. Nulle fin de transcendance ne dirigea notre recherche, mais qui sait si les choses de l'amour n'étant pas clairement définies, cette privation à laquelle je dus consentir ne profita pas au sentiment ? Pas un instant, tout en cédant à l'illusion de l'étrangeté, je n'avais oublié que c'était Julien qui me faisait connaître une telle jouissance, lui qui m'entraînait dans ce vertige inconnu où l'esprit était bel et bien oublié au profit des sens et de l'instinct, et, quoi qu'il m'eût demandé en cet instant, j'aurais obéi aveuglément, parce que c'était lui qui me l'ordonnait et que je ne souhaitais qu'une chose : précisément lui obéir, plier devant lui, m'effacer, le suivre si loin qu'il veuille aller, fût-ce dans une voie qui autrefois m'aurait paru celle de la dépravation – un mot que je me garderai bien d'utiliser. Et sans doute, à ce moment, je souhaitais qu'il m'engage à le suivre dans cette voie-là, car il avait éveillé en moi un appétit illimité de jouissance, une avidité sans fond de caresses et de douleurs nouvelles, et puis j'avais atteint ce degré de soumission qui exige l'humiliation – une forme de dépassement de soi, mais par le bas.

Le lendemain, il me téléphona, troublé par notre expérience de la veille, troublé, me dit-il, de m'avoir oubliée en chemin, de s'être laissé dominer par le sexe, d'avoir perdu de vue cet « envol » de l'être que tous les deux nous attendions de l'amour. Je compris que ce renversement dont la tentation m'était venue, il le refusait, comme de s'aventurer plus loin dans ces états extrêmes où l'extase, liée à l'irritation du désir – aller plus loin encore –, rejoint le désir de mort. Mais comme j'affirmai que, même dans le plaisir, pas une minute je n'avais oublié que j'étais avec lui, que c'était lui qui me touchait, lui qui me menait si loin, il exprima une gratitude à laquelle je ne m'attendais pas : la force d'un tel amour l'impressionnait, il en était ému et – ce souhait me frappa plus encore – il espérait le mériter, s'en montrer digne, ce qui, en me rappelant la différence des niveaux auxquels nous vivions cette passion, ne fit que m'enflammer davantage.

Le sentiment, sujet tabou

En employant le mot amour, ou le mot souffrance, on enfreint les règles tacites posées par l'époque contemporaine, j'en suis consciente, et on s'expose ainsi au risque du ridicule (« l'obscénité cesserait si l'on disait par dérision : ''l'amur'' »). Ce risque, comme celui qui consiste à recourir à un langage hors mode, ne devrait pas nous troubler : « Je prendrai pour moi les mépris dont on accable tout pathos : autrefois, au nom de la raison... aujourd'hui, au nom de la ''modernité'', qui veut bien d'un sujet, pourvu qu'il soit ''généralisé'' (''La véritable musique populaire, la musique des masses, la musique plébéienne, est ouverte à tous les déferlements des subjectivités de groupe, non plus à la subjectivité unique, à la belle subjectivité sentimentale du sujet esseulé'', Daniel Charles, Musique et Oubli*). »*

Les choses n'ont pas changé depuis que Barthes faisait ces constatations, ou plutôt si, elles se sont aggravées. Quelques décennies plus tard, l'obscénité sentimentale n'a rien perdu de sa force bien au contraire. Le sentimental, on osera l'aborder mais de façon indirecte, par le biais d'une trace, matérielle si possible, laissée dans la vie quotidienne. Ce n'est pas même qu'il est d'une inconvenance totale de s'effondrer parce que son autre a pris un air d'absence, quand « il y a tellement de choses plus importantes », notamment, *la situation du monde et « toutes les horreurs commises chaque jour ». Dans l'effort auquel se livre la société pour refuser l'idée de transgression, le sexe, autrefois sujet tabou par excellence, a seul capté l'attention, tandis que le sentiment devenait le nouvel objet d'interdit. « L'amour est obscène en ceci précisément qu'il met le sentimental à la place du sexuel. »*

Telle n'est pourtant pas mon entreprise. Il ne s'agit pas d'échanger les deux termes, mais de les garder en présence, de renforcer la signifiance que le sexe et l'amour tiennent l'un de l'autre.

16. *La figure du triangle*

Quelques semaines après mon retour de Londres, nous eûmes l'occasion de passer plusieurs jours ensemble. Un long week-end de juillet avait vidé Paris d'une partie de ses habitants. Malgré le départ de sa famille, Julien avait décidé de rester. Moi-même je serais là pour accueillir une amie suédoise. Ainsi pourrions-nous – ce serait la première fois – nous promener librement, en touristes, et, cumulant les dépaysements et les plaisirs, redécouvrir ces paysages auxquels l'absence des Parisiens et l'arrivée d'étrangers, que l'on verrait déambuler oisifs et tranquilles le long des berges de la Seine, donneraient de la douceur et un air de vacances.

À l'heure dite, nous nous présentâmes à l'hôtel où nous attendait Liv, l'amie de longue date qui revenait chaque année. Je ne lui avais rien dit de Julien, n'étant pas par nature portée aux confidences, et respectant en outre le désir qu'il avait de garder cette liaison cachée. À peine plus jeune que moi, elle avait cette clarté de visage et de sourire, cette transparence de peau particulière aux gens des pays nordiques. Julien y fut sensible, bien sûr, et je remarquais avec satisfaction son empressement à l'accueillir : la journée commençait sous les meilleurs auspices. Il va sans dire que mon plaisir à revoir cette amie, dont j'appréciais la beauté aussi bien que le tact et la discrétion, qualités qui seraient, pensais-je, d'un précieux secours, s'effaçait devant l'excitation contenue dans cette situation nouvelle : nous étions trois, d'innombrables occasions allaient se présenter de vérifier cette complicité qui fait du couple la plus impénétrable des sociétés secrètes.

Par malheur, il plut ce jour-là sans discontinuer. Nous avons erré lamentablement dans les rues autour de l'Odéon à la recherche d'un film qui nous intéresserait tous les trois. Évidemment il ne s'en est pas présenté. Restaient les cafés, les néons et la fausse intimité des banquettes. Il n'y eut pas moyen de nous isoler, ni d'avoir ces apartés dont j'avais rêvé, la présence de mon amie nous en empêchait. À l'entrain des premières heures, celles de l'attente et de la découverte, avait succédé un peu de fatigue : le courant vivifiant qui, selon mes plans, devait circuler entre nous trois passait mal. Il faut préciser que cette amie, dont la finesse me plaisait dans le tête-à-tête, conservait en cette situation bien différente la même réserve, la même douceur indécise, le même goût des demi-teintes et des phrases inachevées ; elle proférait d'une voix feutrée de prudentes opinions ; bref, elle me parut ce jour-là manquer singulièrement de cette vitalité qui donne du relief au moindre mot et dont l'absence prive d'intérêt même le discours le plus passionnant. Nos paroles fusaient, restaient un instant en suspens, puis retombaient pour se perdre dans une neutralité qui insidieusement gagnait du terrain. Il y avait bien eu quelques échanges, en apparence anodins, qui avaient fait passer le frisson de plaisir de la connivence, le dialogue, comme un feu qui ne prend pas, après avoir crépité s'éteignit.

Entre autres choses, nous avions évoqué la vie quotidienne et son poids d'obligations, Liv semblait si reposée, comment faisait-elle donc ? Sur quoi, elle nous avait décrit ses cours de gymnastique, un entraînement rythmé, intensif, sur une musique rapide : « on est épuisé après coup, mais quel bien ça fait », avait-elle ajouté de sa voix étale, et moi, à qui la seule évocation de tels exercices enlevait tout reste d'énergie – en outre, de les entendre décrits de cette manière ne les rendait pas spécialement attirants –, j'avais seulement constaté : « Comme je suis déjà en permanence fatiguée, j'imagine mal de m'agiter en cadence pour repartir plus exténuée encore. » À ce moment, Julien avait pris la parole avec autorité, adoptant le parti du camp adverse, celui qui s'agitait en cadence et dont j'avais cherché à diminuer les mérites : « Mais justement, tu ne serais peut-être plus si fatiguée si tu pratiquais ce genre d'exercice. »

Après tout, rien dans de tels propos ne sortait de la plus stricte banalité, et pourtant il me plut de me sentir remise à ma place, et donc revendiquée. L'aisance avec laquelle Julien dictait ma conduite ne sous-entendait-elle pas : cette femme est à moi, et dans ce conseil péremptoire, qui faisait bon marché de mes capacités et de mes envies, n'affirmait-il pas, indirectement, comme un droit de propriété ? Ce ne fut là qu'un plaisir fugace et comme l'indication de ce qu'aurait pu être notre échange, de ce que nous perdions.

Les heures s'étiraient et la conversation s'essoufflait ; semée de mots à « double entendre » dont l'emploi, un peu forcé, dut parfois paraître bizarre à une tierce personne, elle ne réussit pas à ranimer une intimité que l'atmosphère, aussi terne que le ciel de pluie, avait détendue. Aussi, loin de m'apporter le plaisir escompté, la journée s'effilochait, sauvée de justesse de la déception par de brefs sursauts de bonne volonté. En outre, brisant la bulle de sécurité qui me protégeait, un phénomène étrange s'était produit.

Nous nous étions assis dans l'une des brasseries qui font face au Louvre, soulagés que le dîner nous fournisse enfin une occupation. Sous les lumières crues qui tombaient du plafonnier – l'éclairage le moins seyant qui soit, on y prend facilement une apparence cadavérique –, Liv restait belle et fraîche. La tension de l'après-midi, qu'elle n'avait évidemment pas ressentie au même degré, m'avait fatiguée et j'étais consciente de n'être pas à mon avantage. Rien encore, cependant, n'était venu menacer mon heureuse certitude d'être à deux, isolée avec Julien dans un monde peuplé de figurants. Ce monde, extérieur, lointain, dénué d'existence véritable, l'amie que, par fidélité à un engagement de longue date, j'avais amenée en faisait partie elle aussi. Or voici que, se détachant de ce décor, insensiblement elle nous avait rejoints dans notre intimité, sans que j'aie pris conscience de la façon ni du moment où ce glissement s'était produit : nous n'étions plus deux, nous étions trois. Le regard de Julien, que je croisais tout aussi fréquemment, loin de révéler la conscience exclusive de ma présence que j'y lisais tout à l'heure, circulait librement de l'une à l'autre sans marquer de différence. Il était sorti de notre univers et n'en montrait pas de détresse. La conversation se déroulait, elle aussi, librement et, comme nous abordions un sujet historique que je connaissais mal et qui visiblement leur tenait à cœur à tous deux, bientôt elle se déroula en dehors de moi, sans moi. Je me sentais exclue, exilée, en proie à un pénible sentiment d'irréalité, la situation avait la gratuité et l'absence d'issue d'un mauvais rêve ; Julien discutait avec animation, le corps tendu vers son interlocutrice, et je regardais sans comprendre l'expression d'intensité presque douloureuse qui tirait ses traits tandis qu'il cherchait à la convaincre – moi, qu'aucune conversation au monde n'aurait pu distraire de la pensée de lui. Mais il semblait m'avoir oubliée, ne songeant plus même, maintenant, à m'inclure dans le dialogue, fût-ce par un regard, apparemment tout entier occupé du sujet dont il débattait avec Liv. J'étais auprès de lui et il ne le savait pas, c'est tout au moins ce qu'il me semblait. Le changement avait été trop soudain, l'effet en était trop brutal pour que je puisse même tenter de l'affronter et de réagir ; je demeurais là, immobile, paralysée, plongée dans un malaise qui augmentait à chaque minute. Enfin, n'entrevoyant de terme à ce cauchemar que dans la fuite et, peut-être, dans un geste de générosité où je tentais de rassembler mes esprits en déroute, je me levai de table, une fois le dîner terminé, pour aller à la caisse et régler l'addition. Souvent, dans des situations où je m'étais sentie incomprise, niée dans mon être même, j'avais essayé de rétablir mon emprise et une forme de supériorité en affichant un peu de hauteur, attitude qui, je dois le dire pour ma défense, correspondait tout de même à une tentative réelle pour surmonter des sentiments jugés mesquins ou destructeurs et retrouver, en même temps que certaine idée de l'élégance, l'image plus flatteuse à laquelle je m'identifiais – moyen de se défendre contre les atteintes du monde extérieur, de revenir à un centre, non pas invulnérable, mais fixe, indépendant du regard de l'autre, un endroit réservé et secret : soi-même, ou l'image qu'on en a. Mon calcul se révéla juste, on le verra.

Julien et Liv s'étaient levés de table pour me rejoindre. Après avoir raccompagné mon amie à son hôtel, nous sommes restés un moment silencieux, séparés par un mal-être épais que j'étais encore incapable de déchiffrer, d'exprimer. Dans l'obscurité de la voiture, j'apercevais son profil éclairé par la lumière des phares, le pli de ses lèvres, cette expression de fatigue inquiète qui lui était familière et, peu à peu, sans qu'un mot d'explication fût prononcé, je me laissais regagner : le sortilège recommençait d'opérer. Parvenu devant ma porte, il arrêta le moteur et, au moment de nous quitter, me demanda si j'avais été contente de la journée ; je lui répondis non – ce seul mot : non. Les occasions où j'avais vu Julien se livrer entièrement à ses sentiments étaient rares ; même dans les instants d'épanchement, je sentais en lui une distance secrète ; au reste, pourquoi aurait-il vécu son amour dans le trouble, étant si sûr du mien ? Mais ce soir-là, comme si ce non et la scène qui le précédait avaient rompu un barrage invisible, il fut à moi sans réserve ni recul, avec un abandon et un emportement nouveaux ; je n'avais pas besoin de gestes ni de démonstrations, encore qu'il me tînt serrée contre lui : je comprenais à l'urgence de sa voix, je voyais à son visage bouleversé, quand un instant il s'écartait de moi, que la passion enfin le tenait, qu'elle était enfin montée au même niveau que la mienne. Julien m'expliquait que durant cette soirée pas un instant, en fait, il n'avait cessé de s'adresser à moi, alors même qu'il parlait avec mon amie, que c'était à moi qu'il pensait pendant tout ce temps, nullement au sujet dont il discutait – à vrai dire, tout ce manège m'était destiné –, imaginant en outre les caresses que, dissimulée par la longue nappe et agenouillée à ses pieds comme l'autre soir, j'aurais pu lui administrer, et jouissant sans nul doute de cette privation autant que des images qu'elle lui suggérait. Et il avait apprécié mon geste final qui m'avait laissé le dernier mot. Ainsi séduisait-il deux femmes dans un même temps, les trompant toutes deux afin d'attiser son désir et son amour, mais le mien n'était pas regardant sur les moyens employés, ni sur l'honnêteté de la plaidoirie : il me suffisait d'être assurée que Julien m'aimait, et peut-être l'admirais-je d'avoir su mettre à profit la situation, même par un procédé qui chez tout autre m'eut semblé banal, pour accroître la force de la passion. Il aimait tout de l'amour, entre autres choses, bien qu'il s'en défendît, le jeu et la duplicité ; et moi, reconnaissant au passage les armes cent fois éprouvées des séducteurs, j'appréciais la finesse et l'esprit d'à-propos avec lesquels il les utilisait : plus que d'utilisation, il fallait parler dans son cas de redécouverte.

17. « *Comblement* »

Après ces événements, je ne pus le quitter. L'habitacle étroit de la voiture ne nous suffisait pas. Pour la première fois, il m'amena dans l'appartement que sa famille avait quitté pour quelques jours, dans la chambre qu'il occupait soir après soir avec sa femme, et je regardai chaque meuble, chaque objet, chaque détail avec attention, parce que Julien les avait choisis, qu'ils composaient le cercle de sa vie, contenaient un peu de sa personnalité, de ses préférences et de ses goûts et que, comme ses paroles, et peut-être plus encore, puisque l'effet général n'était pas concerté, ils révélaient ce qu'il était ; à ce titre, ce décor de sa vie que je contemplais enfin m'était aussi précieux que toute sa personne. Ce que furent les heures qui suivirent, je ne chercherai pas à le décrire. Les émotions précédentes jointes à la découverte, bien plus émouvante encore, de l'intérieur où vivait Julien – habituellement sans moi, en dehors de moi, mais ce soir avec moi –, ces émotions m'avaient portée à un degré de bonheur qui annulait le désir. J'étais mêlée à lui bien avant qu'il ne me pénètre. Cette nuit-là, il fit l'amour avec une intention nouvelle, mais je n'étais occupée que d'une pensée : c'est *lui* qui me prenait, *lui* en qui je disparaissais, ce bouleversement sur *son* visage, c'était la trace que *son* amour pour *moi* y imprimait. L'acte avait moins d'importance que l'idée : loin de la frénésie qui nous avait saisis par une soirée obscure, j'avais conscience cette fois d'avoir transcendé l'amour physique, d'être avec Julien, par lui, en lui, sans qu'il fût besoin du sexe, et cet envol-là, qui se passait de la chair, ou plutôt l'utilisait afin de la dépasser, ne fut pas suivi de l'écrasante retombée dans le sentiment d'incomplétude.

Si douces que fussent ces heures passées dans le décor quotidien de Julien, si apaisants des gestes qui, d'être insérés dans la vie ordinaire, prenaient une familiarité neuve, je ne restais pas ce soir-là à ses côtés, et pourtant, je l'aurais pu. Je désirais, autant que je redoutais, de passer une nuit avec lui. Sans doute avait-il la même réticence, puisque ce fut cette timidité qui l'emporta, cette crainte d'un abandon de soi qui ne serait plus celui de la passion, étant fait d'un partage plus humble, à vrai dire d'un autre ordre, révélant le corps dans le sommeil, privé peut-être de sa séduction, le corps livré à ses mouvements propres et non plus animé par l'amour. En nous quittant nous fîmes le projet vague de rester ensemble la nuit du lendemain, mais l'occasion était passée, ni l'un ni l'autre nous ne l'avions saisie, et le lendemain, pas plus que la veille, la nuit ne nous réunit. Les prétextes pour se séparer, il est vrai, ne manquaient pas, sa famille pouvait revenir quelques heures plus tôt que prévu, un ami qui le savait à Paris, surprendre de la lumière aux fenêtres et sonner à l'improviste, que sais-je ? mais la vérité est que cette nuit partagée nous faisait peur. Je relie cette réticence à un phénomène qui pourra paraître surprenant et sur lequel je m'interrogeai souvent : mon absence totale de désir d'une vie commune ; à aucun moment, que je fusse heureuse ou malheureuse, je n'eus envie que change le mode de nos relations. Des heures consacrées à l'amour au partage de l'existence au fil des jours, il y avait un pas immense que mon imagination ne fut pas tentée de franchir. Tels étaient la force de cette passion et son tourment que jamais la pensée ne me vint de la relier à la vie ordinaire. C'est au moins une souffrance qui me resta étrangère. Il est dans la nature de certains sentiments de se situer en dehors du quotidien avec lequel ils ne peuvent être réconciliés : ils ne font pas appel aux qualités ni aux dispositions que celui-ci requiert. Persuadée de cette vérité, j'étais reconnaissante à mon amour, précisément de me porter dans ces états limites que longtemps j'avais si obstinément recherchés. Quelques heures une fois par semaine, avant les séparations bien plus longues qu'il m'imposa, voilà qui me suffisait, quelques heures sans rapport avec le reste de la vie, quelques heures qui supposaient une telle mobilisation d'énergie et que suivait un tel état d'absence que je n'aurais pu imaginer de les multiplier. Quant à Julien, cet espacement convenait à son besoin de liberté.

Et pourtant, ces gestes de tous les jours dont je refusais de vivre avec lui la succession monotone, comme ils m'émurent et m'emplirent de joie, lorsque, le lendemain du jour où pour la première fois il m'amena chez lui, m'invitant à dîner dans ces mêmes lieux, il me fit asseoir devant lui, dans la cuisine, tandis que d'une main experte il préparait le repas. En réalité, ce fut moins un repas qu'une fête. Chacun de ses gestes me paraissait pourvu d'un sens, et ce sens était notre amour, et je regardais se dérouler cette cérémonie de la préparation, pénétrée de gratitude, car cette nourriture qu'il apprêtait à notre intention, en même temps qu'elle était destinée au corps, était, par la joie qui animait ces actions pourtant ordinaires, celle de l'amour. Et pour une fois je comprenais les chrétiens qu'on m'avait souvent cités en exemple dans ma jeunesse, pour qui aucun geste n'est vide ni inutile s'il est accompli dans la pensée de Dieu, pour qui chaque repas pris à la lumière de cet amour devient semblable à une communion, et les actes, mornes et répétitifs, de l'existence quotidienne se chargent de signification. Cela, je l'avais perçu, mais de façon confuse, dans mon enfance où l'on m'avait traînée à nombre de fêtes religieuses, certaines d'ailleurs fort belles, où se déployait tout l'apparat catholique, d'autres plus modestes, dans des églises de campagne à demi vides, dont le dénuement, auquel s'ajoutait la maladresse des officiants, mettait peut-être mieux encore en valeur le symbolisme des attitudes. Si la conception chrétienne du plaisir, qu'il fallait réprimer ou sublimer, m'avait toujours paru inacceptable, voici que devant Julien, assise dans un décor auquel manquait, certes, la solennité d'une église, entourée d'odeurs et de fumées bien plus prosaïques que celle de l'encens, je comprenais enfin le sens spirituel de leur célébration.

Nous sommes restés ce soir-là à contempler des vases de pierre semi-précieuse dont il faisait collection. Tour à tour, il posa chacun d'eux sur une étagère. En silence nous le regardions et, peu à peu, l'harmonie des contours, la solidité de la masse mêlée de transparences, l'évidence de sa présence s'imposaient à nous jusqu'à nous habiter. Je *voyais*. Non plus les formes extérieures, mais ce qu'elles recelaient – chacune : la splendeur. Et ce regard nouveau me venait de Julien, c'était Julien qui me faisait don de ce pouvoir. Ainsi, ayant redécouvert la divinité du monde, je fus prête à entrer en religion pour vénérer à chaque instant celui dont elle dépendait, celui qui en était le centre actif.

La jouissance que m'avait donnée le repas partagé se prolongea : la présence de Julien était en moi et cette présence était sacrée, n'étais-je pas élue, puisqu'une telle chose m'arrivait? Moi, que le danger de trop s'aimer n'avait jamais guettée, voilà que j'avais pour mon corps et toute ma personne le plus grand respect.

Le même soir, après m'avoir raccompagnée chez moi, Julien m'appela au téléphone. Sa voix, dont je n'avais cessé d'entendre les intonations, tels les accents d'une musique aimée, résonna en moi, et les paroles qu'elle prononçait étaient comme l'expression de mon propre sentiment.

« La vie ne peut rien apporter de plus. J'ai à présent atteint le summum de ce que je peux en attendre. Tu me donnes tout. Je n'ai pas un besoin que tu ne combles. Il n'est rien au-delà. »

Je reçus ces mots sans tout d'abord bien les comprendre. C'est qu'à ce moment rien ne pouvait plus m'atteindre, ni la conscience de mon bonheur ni celle de ce qui était dit, mais je savais que ces phrases, je ne cesserai d'y revenir : quoi qu'il puisse m'advenir par la suite, rien ne pourrait me les enlever, rien ne pourrait faire qu'elles n'aient pas été prononcées.

18. *La présence*

Peu après, je partis seule pour la campagne. Julien n'avait aucun moyen de me joindre et je n'en étais pas fâchée. Aucune lettre, aucune conversation nouvelle, d'une température moins forte que la précédente, ne devait troubler la perfection de mon état présent. J'allais revenir sur ces derniers jours et les revivre à loisir, revoir chacune de ses expressions, entendre sa voix, me répéter mille fois jusqu'au moindre mot les phrases qu'il avait prononcées et celles que je lui avais dites, non pour saisir dans les siennes une interprétation nouvelle, comme ce fut souvent le cas, ou pour imaginer l'effet que les miennes avaient produit sur lui, mais afin de m'approprier ces scènes et leur charge de délices comme je n'avais pu le faire au moment même, afin de stimuler mon amour en revivant la cérémonie essentielle.

Ces journées furent exquises. J'étais délivrée de la tension qui m'habitait. Forte d'une assurance toute neuve, j'avais cessé de m'interroger sur les sentiments de Julien et sur nos différences : l'état d'obsession où je vivais, la liberté dont il ne s'était pas départi. Ce fut peut-être la seule période où je pus croire que l'amour était devenu le centre de sa vie, qu'il le sollicitait tout entier, sans trêve ni repos, comme moi, alors qu'il était habituellement comme l'air que Julien respirait, n'impliquant ni peine, ni trouble, ni cet engagement de tout l'être qui me rivait à lui.

Pour l'heure, la paix que me donnait la certitude d'être aimée me permettait de jouir, non sans triomphe, d'une liberté inaccoutumée. Il faisait beau et chaud, je m'en souviens, l'herbe était encore haute, et je passais de longs moments étendue au soleil, dans le champ devant la maison, à ne rien faire qu'à contempler au-dessus de moi le ciel d'un bleu parfait, me félicitant de ma vitalité nouvelle, éprouvant pleinement le plaisir d'exister.

La lettre que je trouvai à mon retour à Paris m'indiqua suffisamment que je ne m'étais pas trompée sur l'impatience que je lui supposais ; si les phrases qu'il m'écrivait régulièrement, toutes, me paraissaient ailées, porteuses d'un élan, d'un appel, d'un désir qui sans doute m'étaient adressés, mais qui en quelque sorte venaient compléter le reste de sa vie, fait lui aussi d'élans et de désirs, cette lettre-ci, qui était bien plus longue, me disait le manque et le besoin, l'exaspération de l'attente, la pensée unique de l'amour ; elle me disait « mon amour » : « mon amour, comme tu me manques », et ces deux mots, mon amour, elle les répétait comme pour une incantation, elle me disait « je tremble », « je tremble à l'idée que tu repartes sans que nous nous soyons vus », et ce mot, trembler, elle le répétait : « je tremble et je t'aime ». Elle me disait « partout » : « je te cherche partout ; je veux dire que tu me manques intensément partout, en tout lieu physique et affectif de ma vie, dimanche, lundi, aujourd'hui » et elle ajoutait trois phrases à propos du mot lieu, dont le sens, pour nombre de raisons, m'alla droit au cœur : « Tout lieu physique est un lieu mental. Tout lieu physico-mental est un point d'amour possible.

Tout lieu est un point d'amour pour toi ces jours-ci. » Et même si le « physico » à la vilaine sonorité ne me plaisait pas tout à fait (mais j'avais cessé d'exercer ma sévérité à l'égard des lettres de Julien), même si l'indication de temps posait une restriction (mais personne plus que lui n'aimait l'instant, le « maintenant »), cette lettre m'apparut comme l'expression d'un amour exclusif, total, l'entraînant tout entier, pour la première fois. Suivaient des indications, précises jusqu'à la minutie (précautions excessives que j'attribuais à son anxiété), qui devaient nous permettre de nous revoir avant un bref déplacement. Ce désir irrésistible, cette hâte qui le jetait vers moi, cette urgence d'être ensemble, voilà ce que j'aimais aussi en lui. « Vite, mon amour », me disait-il au téléphone par un bel après-midi que j'avais pensé consacrer au travail, « vite, mon amour », tandis que, devant lui, je me déshabillais. Vite je le rejoignais, saisie d'une joie folle après des jours d'attente. C'était la vie qui reprenait. Et puis, une fois satisfait cet élan, il disparaissait de nouveau et le temps s'arrêtait, fixé à l'époque de notre dernière entrevue que je continuais de revivre.

Les semaines qui suivirent furent apaisées, calmes, dépourvues d'excitation. Un sentiment de plénitude inhabituel me permit d'avancer dans mes travaux personnels avec un plaisir neuf. J'écrivais aussi, une multitude de notes où je tentais de me délivrer d'états d'âme et de remous variés dont je jugeais peu sage de le charger. Ainsi je ne le quittais pas. Les jours s'écoulaient. Habitée par sa présence, je ne désirais pas le revoir. De temps à autre, une lettre de lui me parvenait, quelques lignes, une phrase qui répondaient comme en écho à ma paix intérieure : « Bonheur que tu sois. » Temps suspendu, unifié par la pensée d'un seul être, échappant à la souffrante multiplicité de l'état ordinaire : possédais-je jamais si bien Julien qu'en ces semaines où rien, pas même lui, ne vint me distraire de sa présence ? Et l'aimais-je jamais avec tant de calme ferveur ? Peu à peu, je m'habituais à une tranquillité trompeuse et à l'idée que son amour avait atteint la même intensité que le mien.

« Les signes verbaux auront à charge de taire... »

Peut-on empêcher la demande qu'on porte en soi, même si elle est muette (et elle l'est rarement tout à fait), d'être ressentie par celui qui en est l'objet ? Il faudrait pour cela pouvoir la supprimer – c'est-à-dire se supprimer.

« ... les signes de la passion risquent d'étouffer l'autre. Ne faut-il pas alors, précisément parce que je l'aime, lui cacher combien je l'aime ?... j'hésite entre la tyrannie et l'oblation... je suis condamné à être un saint ou un monstre : saint ne puis, monstre ne veut. *»*

19. Assujettissement

Sur ces entrefaites, l'été était arrivé et, avec lui, l'époque des grands départs. Nous prenions l'un et l'autre des vacances (mot sinistre auquel je donnais immanquablement son second sens de vide), par chance au même moment, quoique dans des lieux différents. Julien avait loué pour sa famille une villa en Italie, tandis que je partais comme chaque année pour la Grèce. Je redoutais cette première longue séparation, lui affichait un calme qui n'était peut-être nullement feint. « On ne perd pas un être parce qu'on passe trois semaines sans le voir », m'avait-il simplement dit. Certes. Aussi était-ce moins ce départ qui m'inquiétait que son absence d'anxiété à ce sujet. Là encore, rendue exigeante par le succès, je cherchais je ne sais quelle assurance de son amour, l'expression d'une angoisse semblable à la mienne, la certitude que je lui manquerais autant qu'il me manquait déjà, un peu de jalousie à l'égard des amis avec qui je voyageais... que sais-je? Mais au moment de nous quitter, sur le pas de sa porte, il me dit simplement: « Sois heureuse. » Cette phrase comme viatique pendant les longues semaines de demi-solitude que j'allais traverser, cette phrase où je vis affirmée, non, comme je l'aurais dû, un goût de la vie et du bonheur, mais une distance qui me fit mal, prononcée sans reproche ni ironie, avec cette gentillesse un peu lointaine conservée en toutes circonstances, je ne la compris pas, ou plutôt, je ne l'acceptai pas. Et cette fois je lui en voulus d'une sérénité qui nous plaçait si loin l'un de l'autre, alors que s'y révélaient en fait une confiance et une générosité dont il avait fait un principe de vie.

C'est dans ces dispositions, négatives hélas, que je partis pour la Grèce. Je m'étais éloignée de mes belles exigences, et pour un motif en apparence bien mince, dérisoire même ; mais je n'étais plus consciente que de la séparation.

Deux amis m'accompagnaient. Nous devions traverser le Péloponnèse en voiture, visitant au passage les grands sites archéologiques, avant de choisir une plage dans le Sud. L'aridité du paysage convenait à mon humeur. Ces monts bruns et pelés, parsemés, aux environs d'Athènes, de constructions en chantier qui semblaient abandonnées, avec leurs pitons de fer rouillé dressés dans le ciel, j'étais tentée d'y voir, plutôt que le résultat d'un manque d'argent chronique, un décor tragique, un symbole cent fois utilisé de l'effort humain et de son échec, de l'attente vaine et de la déception : celle que j'avais éprouvée au moment du départ et qui continuait d'agir sur mon regard à la façon d'un filtre. Tout au long de la route, dont je fis la plus grande partie en silence, sans me soucier de mes compagnons, des mots me revenaient, des pensées, des images, sans que je les sollicite, recouvrant, effaçant bientôt les sensations et les visions nouvelles qui, elles aussi, infailliblement me ramenaient à Julien, à ces scènes autour desquelles l'être entier s'organise, comme autour du fleuve qui la creuse, une vallée. Ce n'est pas même que je pensais à lui : Julien ne cessait de m'être présent à l'esprit, présence absente que la

« distraction » ne dissimule qu'un instant, l'instant d'après vous la rendant sans que vous y puissiez rien. Ainsi éprouvais-je souvent, en même temps que le plaisir d'aimer, un ressentiment de ma captivité.

Ce voyage fut étrange, que je fis en sa compagnie tyrannique, lui qui au seuil de l'aventure m'avait remis ma liberté. Sa grande unité ne tint pas aux paysages, décomposés en une suite de vignettes, ni à cette lumière des soirs d'été que j'aime au point de revenir la contempler chaque année, ni même à l'humeur négative qui d'abord influença mon regard, lui faisant préférer le tragique aux autres aspects de cette nature ; elle fut faite d'une implacable tension : j'étais tendue vers Julien comme la flèche pointée par le tireur à l'arc. Et je ne voyais rien que dans l'espoir de le lui dépeindre, le rapportant à notre amour, écrivant pour lui des bribes du roman que je n'écrirais pas. Car je ne comptais pas moins le séduire par les ressources de ma conversation enrichie de nouvelles images, que par le teint hâlé et la bonne mine rapportés de vacances ; aussi notais-je pour m'en souvenir quelques observations aussi peu inspirées que bien intentionnées, faisant provision de détails concrets : il les aimait. « Ma chambre, aux murs bleutés, donne sur la mer. Le soir, on entend les rafales de vent qui cognent aux volets mal joints de la maison. Le cocorico ébréché et triomphal d'un vieux coq réveille, chaque matin, des voix intermittentes dans le village. Puis c'est le tour de l'âne, et, avec lui, nous parvient sur un mode comique toute la douleur du monde. » Cette douleur, j'en relevais d'autres signes : « Tous les matins, quand nous longeons cette ruelle pour aller à la plage, elle est là, assise sur son balcon dont elle occupe la largeur : une vieille femme en noir, les mains abandonnées sur les genoux, en face d'un bateau miniature symbolisant on ne sait quel naufrage. » Ou ce spectacle dont m'intéressait le côté rituel : « Sur la plage, une femme obèse avance vers la mer. Ses chevilles, d'une bizarre fragilité, supportent mal le poids des formes monstrueuses. Elle oscille à chaque pas, escortée par une nuée de gamins qui l'agrippent ou la soutiennent lorsqu'elle menace de s'effondrer, et son corps aux contours irréels, succession extravagante de vagues de chair, se déploie fantastiquement contre le bleu du ciel. Lorsqu'elle est revenue sur le rivage, elle s'y étend et se dissimule la tête sous un linge blanc, puis ses compagnons, gravement, recouvrent de sable l'énorme masse échouée, comme pour un rite funéraire. Peut-être sa difformité, qui la place en dehors du commun des mortels, en a-t-elle fait pour eux l'équivalent d'une déesse, Vénus primitive, incarnation de la fertilité ou symbole de l'éternel retour, qui meurt et renaît chaque matin. » Mais plus que ces saynètes funèbres, que d'ailleurs je me gardais bien de lui livrer, me plaisaient ces paysages dont la beauté, comme parfois mon amour, me donnait le sentiment de l'illimitation. Cette beauté aveuglante, absolue, sans nuances ; présente au point qu'elle est une certitude, une réponse à toutes les questions qu'on se posera jamais : le doute n'y a pas de place. Elle est, c'est tout, tel le plein face à notre vide, et, en la contemplant, nous sortons de la division, de l'anecdote, de l'accident. Ainsi, les arêtes fermes et sans réplique du théâtre d'Épidaure qui s'ouvre à tout jamais sur la totalité du monde, ou les collines plantées de cyprès autour des ruines solitaires d'Ithomi : elles sont préservées de la vie et du temps, immobiles, magiquement, dans la durée des pierres. Parfois, devant le spectacle de massives colonnes doriques dressées sur le bleu immuable, me frappaient comme une affirmation la dure simplicité de la ligne, le contraste abrupt de la pierre et du ciel. Parfois me retenait le mystère d'un lieu écarté que seuls peuplaient des colonnes brisées, la végétation et le chant des cigales : alors on s'attendait à voir surgir, caché là depuis des siècles, barbu et redoutable, le dieu Pan dont ces ruines habitées révélaient la présence subtile. Parfois, au bord de l'eau turquoise, allongée sur le sable de quelque crique déserte, je laissais le soleil me chauffer, et bientôt me brûler, jusqu'à ce que je ressente la toute-puissante sensation d'écrasement, de dissolution que j'avais recherchée. Mauvaise pour la santé cette exposition au soleil, m'objectera-t-on. Sans doute, mais quelle importance, si je pense au bienfait moral que j'en retirais. Et toujours j'en revenais à Julien : sa pensée ne me quittait pas. Plusieurs fois par jour, j'éprouvais jusqu'à la douleur le désir de le revoir. Ce voyage ne fut en fait qu'une longue préparation à mon retour. Enfin, le jour auquel j'avais cent fois rêvé arriva. Dans l'avion, j'imaginais la lettre qui m'attendrait et l'anxiété le disputait à l'impatience : et si, pour quelque raison, je ne trouvais aucune lettre ? pensée insupportable, déception à laquelle je ne pourrais survivre, je n'étais qu'attente, depuis des jours, attente – ou bien si sa lettre était paisible, indifférente presque, comme m'avaient semblé ses adieux, que ressentirais-je ? il me fallait des mots sur lesquels puisse s'élancer mon amour, des mots qui en apaisent la faim.

J'atteignis le palier de la maison, puis l'entrée de mon appartement, puis le plateau où était déposée la pile du courrier, la crainte m'étouffait presque ; parcourir les lettres accumulées depuis trois semaines, le cœur me battant dans la gorge, les mains tremblantes. Parmi tant de papiers dont je ne considérais pas la provenance, ce fut le timbre italien qui me sauta aux yeux : par souci de clarté, Julien avait écrit l'adresse en script, si bien qu'on ne pouvait reconnaître son écriture. Ce timbre m'aveugla – je le revois encore, avec les bâtonnets irréguliers qui garnissaient le reste de l'enveloppe. Déchirer cette enveloppe, sans les précautions habituelles, fut l'affaire d'une seconde, mais une fois devant les feuilles recouvertes de signes, dont la forme à elle seule me bouleversait, je ne pus les lire, l'émotion m'en empêchait. Je parcourus la lettre, piquant un mot de-ci de-là, pour atténuer le choc sans doute, laissant à une première impression le temps de s'installer avant de pouvoir affronter l'ensemble, avant de laisser pénétrer en moi le sens plein de sa lettre. Ainsi m'apparurent d'abord ces mots comme mis en exergue, isolés en haut de la première page : mon amour. Après, il s'agissait de la lumière italienne, d'une immersion dans le paysage et de l'absence d'oiseaux, absence surprenante, qui avait perturbé Julien – mais en réalité ces détails ne prenaient d'importance que par l'effet des premiers mots qui leur conféraient une signification particulière, les rapportant à notre amour. J'avais lu : « te cherche », « t'imagine », « en partage », avant de revenir sur la tendresse des dernières lignes de cette lettre, sur ces lignes comme un peu essoufflées, qui couraient, s'allongeaient, s'étiraient et n'avaient pas de point final, car elles se gardaient de conclure ou de préciser, préférant laisser mon imagination construire et vivre le partage dont nous étions privés, et les gestes de l'amour, et « les mille façons » de nous rejoindre. Le lendemain, un billet m'apprenait que Julien était rentré plus tôt que prévu et qu'il m'attendait.

Il est difficile de raconter les moments de bonheur quand ils revêtent certain caractère de simplicité. Cette fois-là nous fûmes heureux, simplement, pleinement. En hâte, Julien m'avait dévêtue. En me voyant, il avait poussé une exclamation (ce souvenir qui fait la part d'une banale vanité m'emplit pourtant, aujourd'hui encore, de nostalgie), la couleur nouvelle de mon corps, ce brun uni auquel j'avais soigneusement travaillé, le transformait pour l'embellir; et moi, je m'étais sentie récompensée de mes efforts, fière d'un hâle où il voyait l'effet de la mer et du vent, et des heures passées au soleil, et de ma pensée tout entière dirigée vers lui, fière de la beauté et de la jeunesse que, grâce à ces semaines d'été, je pouvais encore lui offrir. J'avais remarqué, lors des années où je dessinais des modèles nus dans des ateliers, combien les corps vieillissent moins vite que les visages; parfois, une femme dont on lisait l'âge sur les traits affaissés révélait, en ôtant ses vêtements, un corps d'une jeunesse miraculeuse, des formes douces et pleines, attendrissantes de beauté. Si j'éprouvais de la satisfaction à regarder mon corps, long et mince encore, je considérais sans indulgence mon visage que la fatigue tendait à alourdir. Mais ce jour-là j'étais jeune, et belle par-dessus le marché, tout cela je le lui donnais, et l'insignifiance de nos propos, et notre humeur de gaieté légère, et l'insouciance de ces moments qui succédaient à l'angoisse et précédaient d'autres départs – ces moments libres de pesanteur, où l'esprit s'élance, plane, voltige et regarde les choses de haut, si bien que rien ne semble pouvoir l'atteindre, pas même cela qui d'habitude nous fait peur, comme la séparation et l'absence devenues de simples épisodes de l'amour invulnérable.

20. *La tyrannie ou l'oblation*

Julien repartait toujours : Londres, New York, Berlin, une capitale ou une autre dans laquelle l'appelait l'expertise de quelque tableau. Il était surchargé de travail et de préoccupations, harcelé de demandes, épuisé, il ne pouvait me voir. Quinze jours passaient... il m'envoyait des billets rapidement écrits où jour après jour son itinéraire était tracé, me donnant des listes d'hôtels et de téléphones où le joindre. L'une de ces lettres se terminait sur la vision d'une peinture de Watteau qu'il avait vue avant son départ : cette fois il ne me disait pas l'avoir regardée « en tremblant » parce que je n'étais pas avec lui, mais plutôt, s'identifiant au sujet représenté, il tentait de me restituer par cet intermédiaire un peu de l'émotion que me causait sa présence, aujourd'hui refusée : « regarde bien le tableau qui s'appelle *Mezzetin*, m'écrivait-il, c'est moi (ce guitariste très tendre que tu sais...) ». Certes, je voyais toute la justesse de la comparaison, ce mélange de grâce, de tendresse et de mélancolie qu'il revendiquait à travers l'œuvre d'art (encore que dans son cas la tristesse ne provînt pas, comme dans celui du Mezzetin, de l'amour non partagé). Mais je n'étais pas moins sensible au fait que j'étais évincée de l'image, qu'il en était devenu le personnage principal, tandis que je n'en étais plus que le spectateur. Ainsi continuais-je à me tourmenter des manques de Julien au lieu de me réjouir de ses dons. Et j'oscillais sans cesse entre la joie qui me soulevait à la pensée de le revoir et la souffrance de savoir que je devrais en revenir à l'aridité de ma vie antérieure pour retrouver un peu de paix. Je guettais à chaque mot, dans ses lettres comme au téléphone, celui qui m'assurerait de son amour – mais rien, aucune assurance, aucun des « je t'aime » qu'il me lançait d'une voix légère, ne suffisait à apaiser le besoin sans fond que j'avais de lui, à alléger un perpétuel sentiment d'insuffisance.

Cette différence entre nos façons d'aimer ne cessait de me tourmenter : à mon exigence de chaque minute, à cette soif de lui que rien ne pouvait satisfaire, répondaient ses dérobades et ses revirements, ses absences et ses retours ; je ne comprenais pas que l'amour pût ne pas être cette attention totale et exclusive portée à un autre être – attention dont nous ne sommes pas plus maîtres que de la douleur dans une rage de dents –, et, dans mes moments de faiblesse, je ne pouvais m'empêcher de conclure que si Julien ne m'aimait pas ainsi, c'est qu'il ne m'aimait pas. Quel était donc le sens du mot amour, et pouvait-on même parler d'un sens, comme s'il y avait une signification unique, alors que des nuances si différentes s'y glissaient, des demandes irréconciliables, que dis-je, ne s'agissait-il pas en fait de contradictions insolubles, de gouffres infranchissables ? Tout en sachant confusément que la paix de la possession eût rapidement tué la passion, je souffrais mille morts d'une situation dont toute paix était absente. Bientôt j'apprendrais, faisant taire mon angoisse – mais cessais-je jamais de souffrir pour autant ? – à vivre dans *mon* amour sans plus le mesurer à celui de Julien. Le bonheur, n'était-ce pas d'être envahie par sa présence au point que le besoin de sa présence ne me trouble plus ? ce bonheur constituait comme l'avant-goût et la promesse d'un état plus durable.

Deux fois seulement, je surpris dans ses phrases comme un reflet de l'état de tension où je vivais : à son retour de Londres, où il avait passé trois jours, je lui avais demandé s'il avait pensé à moi, et il m'avait répondu : oui, il avait pensé à moi sans cesse, au point que l'appréhension d'un prochain débat en public, qui lui était venue au moment de l'atterrissage, l'avait soulagé : cette crainte avait fait diversion. Mais d'ordinaire je n'osais quémander de mots d'amour, dont il n'était au reste pas avare, sachant qu'une affirmation ainsi obtenue serait sans valeur et, du reste, impuissante à adoucir ma passion. Mon silence, croyais-je, me tenait lieu de sagesse, car si je ne demandais rien, si je parvenais à maîtriser la violence des mouvements qui m'agitaient, comment percevrait-il mon impatience ? Naïvement, j'étais satisfaite de ne pas le laisser, ne serait-ce que soupçonner ce qui se passait en moi. Et je me promettais d'acquérir cette force qui nous permet de ressentir du bonheur devant ce qui nous est donné et non la privation de tout ce qui nous manque.

Bien entendu, l'expression de mon inquiétude ne manquait pas, à mon insu, de s'infiltrer dans mes lettres ; et sans doute mon attente se lisait-elle de bien d'autres façons, comme j'en eus avant peu la preuve la plus pénible. Il suffisait, pourtant, d'un coup de téléphone et du son de sa voix : le courant passait à nouveau, la vie revenait, circulait, j'étais heureuse, suffisamment pour oser toutes les vantardises et fièrement proclamer : « J'ai assez d'amour en moi pour pallier toute l'insécurité du monde », phrase qu'il ne manqua pas de relever avec une admiration à laquelle se mêlait peut-être du soulagement. Et lorsque je le retrouvais, ne subsistaient ni doute, ni question, ni révolte – rien que la joie, le sentiment de renaître, la légèreté de l'être. Les heures passées ensemble, me disais-je, ont une telle force qu'elles annulent tout le reste. « Que m'importe ce qu'il vit en dehors de moi, ce qu'il voit ou ce qu'il ressent, que m'importe même ce qu'il éprouve vis-à-vis de moi en cet instant, puisque je n'ai plus aucun besoin. Mon amour ne dépend plus de lui. Rien ne peut l'entamer. » Et cette indépendance, impensable l'instant d'avant, compromise celui d'après, me plongeait dans l'euphorie.

Qu'il m'enlevât, en effet, un peu de cette attention dont j'avais pris l'habitude, et force m'était de constater la fragilité d'une telle « indépendance ». C'était à nouveau ce poids de souffrance qui m'ôtait jusqu'à l'envie de respirer, me privant de mon regard sur les êtres et les choses, comme de la possibilité de me tourner vers eux pour tenter de lui échapper.

« La circonscription des plaisirs »

Dans Les Enfants du paradis, *le plus beau film français jamais tourné, on voit Garance et Baptiste dans une petite chambre sous les toits où pénètre la lumière du clair de lune. Ils découvrent qu'ils s'aiment, mais, au moment de vivre cet amour, Baptiste s'enfuit, le rendant pour toujours impossible. Au sentiment que lui offre Garance – « C'est si simple l'amour » –, il préfère autre chose : un amour semblable à celui qu'il éprouve : « Je voudrais tellement que vous m'aimiez comme je vous aime. » Au lieu d'accepter, il exige. Telle est sa faute, qu'il tente, en vain, de corriger dans la seconde partie du film.*

Une bonne part de la littérature consacrée à l'amour s'est penchée sur l'impossibilité dont souffre Baptiste – celle d'accepter simplement ce qui nous est donné en faisant taire notre exigence. Si je pouvais m'en tenir aux plaisirs que l'autre m'apporte, sans les contaminer, sans les alourdir par l'angoisse qui leur sert de joint ? Profiter pleinement de ces plaisirs et mettre dans une parenthèse d'impensé les zones dépressives qui les séparent ? Impossible, concluent les plus pessimistes, « Je peux bien imaginer des procédés pour obtenir la circonscription de mes plaisirs (convertir la rareté de la fréquentation en luxe de la relation, à la manière épicurienne ; ou encore considérer l'autre comme perdu, et dès lors goûter, à chaque fois qu'il revient, le soulagement d'une résurrection), c'est peine perdue : la poisse amoureuse est indissoluble ; il faut subir ou sortir... »

21. *Déréalité*

Si chaque jour, semaine après semaine, l'on reçoit un coup de téléphone et si un jour cet appel ne vient pas... Qui peut décrire l'effet de ce simple manquement à l'habitude, l'état de quasi-folie où il nous plonge ? Et qu'en est-il alors de l'habitude de se voir, même peu, une fois par semaine, pas plus, moins même, mais sûre, une habitude sûre, quand ces rencontres s'espacent, s'espacent encore, au point qu'il n'y a plus d'habitude, au point que restent seulement l'absence et le tourment ?

Et puis, chargées d'un tel degré d'espoir, toutes nos rencontres n'étaient pas également réussies. Parfois, je me débattais, sans parvenir à le rejoindre, dans une irréalité de cauchemar. Tel ce jour où, renonçant à l'un de nos rites habituels – la précipitation des gestes de l'accueil –, il me fit posément avancer vers la table où étaient disposées des planches représentant, je m'en souviens, des reproductions de gravures de Rembrandt, afin de me détailler l'une de ses récentes découvertes. Fut-ce ce léger manquement à l'ordonnance de la cérémonie, l'inquiétude toujours prompte à renaître qui se glissa soudain en moi, ou l'apparence d'un calme qui répondait si peu à mon agitation, toujours est-il que je me retrouvai soudain en proie à une sorte de paralysie : je ne voyais plus Julien, ne l'entendais plus ;

mes paroles mêmes sonnaient faux, ma voix me semblait étrangère, comme imitée par quelqu'un d'extérieur, elle me parvenait sans que je la reconnaisse. J'avais pénétré dans une zone de vide, une poche de néant où toute communication avec Julien m'était interdite ; sans doute était-il bien à côté de moi, mais je n'avais aucun moyen de m'assurer de sa présence réelle.

Voyant ma détresse et subissant sans doute sa contagion, il tenta cette fois de me faire reprendre pied en me signalant un détail concret auquel je le reconnaîtrais : le rouge carmin d'une reliure qu'il avait lui-même choisie ; pendant quelques secondes, me rappelant nos conversations sur ce sujet, je repris espoir avant que de nouveau l'horizon ne se ferme sur mon angoisse. Ce qui suivit ne fut pas le résultat d'un entraînement, mais une tentative pour sortir d'un état insupportable, un expédient. Pas plus que Julien, je n'avais envie de faire l'amour ; pourtant, je me laissai attirer vers le lit qu'en préparation d'un moment bien différent il avait ouvert, et les gestes, malgré moi, malgré nous, s'enchaînèrent. Accomplis de l'extérieur, ils s'emparèrent en quelque sorte de nous, nous précipitant comme une mécanique sans défaut vers un dénouement que nous n'avions pas désiré. Quelque chose s'était déclenché de bien plus fort que ma volonté et qui exigeait d'être satisfait, quelque chose qu'on ne pouvait provoquer impunément et à quoi je choisissais pour l'heure de me confier, de m'abandonner tout entière, de me soumettre jusqu'à en mourir (la mort, comme je la souhaitais en ces moments-là), comme on peut choisir de se laisser emporter par une vague lorsqu'on sait qu'il est inutile de lutter, qu'il n'est aucune force humaine pour résister. Un instant, penché au-dessus de moi, reprenant la maîtrise de la situation, il me demanda alors qu'il était

déjà trop tard, que je n'étais plus que consentement :
« Tu veux, tu veux maintenant ? » Cependant, il fallut
bien remonter de l'oubli où j'avais glissé, de cette
absence que nous n'avions ni voulue ni préparée ; elle
ne fut pas suivie de l'état qui lui succédait d'ordinaire :
à peine s'était-il détaché de moi que j'étais de nouveau
gagnée par un sentiment de solitude et de dépression
plus affreux de devoir rester sans recours. Il était près
de moi et j'étais seule, et combien amère cette solitude
faite du déchirement d'être séparés. Car, aujourd'hui,
où nous nous étions en vain efforcés de rétablir un
contact entre nous, comme ces autres fois où, me
livrant au plaisir, je lui demandais de combler un
creux aussi vaste que mon désir, le sexe s'était révélé
impuissant à satisfaire l'exigence de l'esprit dont il était
resté dissocié. Ainsi m'apparut avec une clarté fatale
l'erreur qu'il y avait à vouloir apaiser la faim que
j'avais de cet homme et de son amour dans la brève
illusion de fusion que dispense la volupté lorsqu'elle est
limitée à elle-même. Chaque fois que je cherchai à me
perdre dans la jouissance pour trouver la paix, elle me
laissa plus seule qu'auparavant, et plus désemparée. Je
constatai qu'elle ne faisait que creuser, exaspérer le
sentiment dans lequel je l'avais abordée, fureur, isolement ou désespoir. Et pourtant, je ne doutais pas que
le corps fût innocent (innocence qui m'était apparue
de façon éclatante, quand j'avais fait l'amour, sans rien
attendre que le plaisir, avec des hommes que je n'aimais
pas ou aimais peu), mais ma passion, dans sa rigueur
totale, avait induit ces complications où je me perdais.

Au contraire, si le corps et l'esprit étaient un, si
l'amour inspirait chacun de mes gestes, si je l'abordais
avec une violence entière, alors la conscience d'aimer
culminait dans le plaisir qui n'était suivi d'aucune
retombée mais se prolongeait longtemps encore dans

un état comparable à l'envol : loin de nous clouer au sol, le plaisir nous portait sur des sommets où mon effort consistait à me maintenir.

Mais j'étais parvenue à ce degré de passion où l'intensité du sentiment est si grande que le bonheur même se confond avec la souffrance, le tumulte intérieur si fort que toute paix devient inconcevable. Et tous mes raisonnements, toutes mes constatations s'avéraient de peu de poids auprès d'une exigence que je ne maîtrisais plus.

Je craignis d'accabler Julien du besoin dévorant que j'avais de lui et résolus, comme les religieux dans leur couvent dont l'exemple me hanta plus d'une fois, d'avoir recours à une discipline qui remettrait en moi l'ordre que requérait l'amour. En outre, l'échec de notre dernière rencontre m'avait servi d'alerte : l'amour charnel, pour être l'entrée du paradis, pouvait aussi m'ouvrir l'enfer ; il me fallait prendre quelque distance afin de m'y préparer et l'approcher dans les dispositions voulues.

Désir de l'être absent et désir de l'être présent

En fait « l'objet n'est-il pas toujours absent ? – Ce n'est pas la même langueur : Pothos *pour le désir de l'être absent, et* Himéros, *plus brûlant, pour le désir de l'être présent ».*

Ainsi, les Grecs avaient déjà trouvé un mot pour le mal dont je souffrais. Pothos m'était familier. Himéros, c'était cette faim que rien, ni la présence ni la jouissance ne pouvait apaiser. « L'objet est là, réellement, mais il continue à me manquer, imaginairement » (Barthes).

22. Étirement

C'est à cette époque que j'entrepris une curieuse gymnastique de l'âme dont l'idée m'était venue en écoutant certains morceaux de musique, notamment les symphonies de Beethoven qui avaient sur moi un pouvoir particulier. Par le dépassement de soi, où toute souffrance est du même coup abolie, la musique, comme autrefois la vision des colonnes grecques sur le ciel, me faisait accéder à ce que je nommais unité intérieure, c'est-à-dire l'émergence hors de l'état de séparation où nous vivons habituellement. Portée par les sons, qui se chargeaient d'exprimer l'amour, l'abandon, le triomphe ou la détresse en ôtant à ces sentiments tout caractère individuel, je considérais de très haut mon amour, lui aussi allégé de l'aspect personnel qui le chargeait et me faisait souffrir; comme il me semblait simple d'aimer, une fois écartés les doutes et les questions, l'exigence et l'inquiétude et le besoin d'être aimée en retour : je rêvais d'un amour délivré où l'égoïsme ni l'intérêt n'auraient plus de part, d'un amour véritablement céleste, à l'image de la musique que j'écoutais. Tant que les notes me maintenaient en suspens, soulevée pour ainsi dire hors du chagrin d'où elles m'avaient tirée, je m'abandonnais à mon sentiment d'exultation ; un accord prodigieux, d'ordre physiologique semblait-il, s'était établi entre la musique et moi : elle résonnait dans mon corps comme si elle émanait de chacune de mes cellules ; j'étais à la fois l'instrument et le compositeur, la symphonie et celle qui l'écoutait. Beethoven traduisait les émotions qui m'agitaient et il les transcendait, les arrachant à leur petitesse pour leur restituer l'ampleur et la noblesse qui en étaient l'essence. Ainsi, brièvement, la musique me rendait-elle la respiration que j'avais trouvée dans l'amour. Dès que les notes s'étaient tues, cependant, il me fallait retomber dans l'état habituel – me retrouver limitée à moi-même, sans le secours de l'art, et ce retour à la pesanteur quotidienne me donnait chaque fois un sentiment d'exil.

Mais ce que l'œuvre musicale m'avait enseigné, c'était, comme le dit Proust, que « dans tout amour, le général gît à côté du particulier ». Moi aussi, j'allais apprendre à passer de l'un à l'autre, j'allais m'exercer à cette gymnastique qui consiste à vivre à la fois au cœur d'une situation et en dehors d'elle, simultanément sur deux plans, l'un personnel et l'autre qui ne l'est pas. Il était possible, s'élevant au-delà d'un sentiment et de son origine restreinte, de vivre, pendant quelques instants tout au moins, en le considérant de très loin malgré la souffrance qu'il causait, en le surplombant, de sorte que dans l'éloignement il perdait de sa puissance sans pour autant cesser d'exister.

Sans doute l'amour et les questions qu'il me posait à tout instant m'apprenaient à mieux comprendre « la matière dont nous sommes faits », mais il me montrait aussi la manière de se quitter soi-même pour aimer davantage, pour aimer mieux. Ces découvertes me pénétraient de reconnaissance pour Julien à qui je les devais, pour lui qui m'apportait ce surcroît de vie : c'est de douleur que se nourrissait mon amour, autant que de joie, et du travail que cette douleur me faisait opérer sur moi-même. Je l'aimais en partie parce que, pour lui, je devais mettre en jeu toute la faculté d'amour que je possédais, donner plus pleinement afin de suppléer ce qu'il ne me donnait pas. Cependant, tout au fond de moi, subsistait, intact, le désir de savoir, une curiosité vigilante qui ne devait rien à l'amour mais se préoccupait seulement d'utiliser ses découvertes, et cette passion de savoir, je le savais, survivrait à celle d'aimer.

De l'utilité d'aimer

Il me suffit de changer les mots dans cette phrase de Proust, de remplacer « femme » par « homme » – ce qui a en outre l'avantage d'établir l'égalité des sexes devant la souffrance amoureuse – et j'arrive à une conclusion qui s'applique à mon cas et dont la lucidité autant que la muflerie tranquille me plaisent:

« ... une femme est d'une plus grande utilité pour notre vie, si elle y est, au lieu d'un élément de bonheur, un instrument de chagrin, et il n'en est pas une seule dont la possession soit aussi précieuse que celle des vérités qu'elle nous découvre en nous faisant souffrir. » (Albertine disparue.)

23. « *Je me plonge et m'abîme* »

Noël arriva, et, avec cette fête, de nouveaux départs. Je partis pour la montagne. Plus que tout autre séjour dans un pays de neige, celui-là ressemblait à un ensevelissement. La neige tombait, silencieuse, lente, inexorable et, de ma fenêtre, je la regardais s'accumuler, chaque flocon léger me séparant un peu plus de la scène de mes émotions. La neige était l'unique, l'universelle réalité, et le trouble des dernières semaines s'apaisait peu à peu, recouvert comme le paysage par cette douceur blanche qui n'était pas la vie. Ne restait qu'un immense repos étonné au creux duquel, en sécurité maintenant, j'examinais, mais à la façon du rêveur qui tente de se ressaisir après les images incertaines de la nuit, l'agitation qui avait précédé, le sentiment d'insuffisance qui succédait à nos rencontres, cette irritation du désir d'aimer que rien ne peut plus satisfaire.

Considéré dans l'illimité des distances, assourdi lui aussi par le feutrage de la neige, ce tumulte s'était calmé. Je m'étais enfoncée loin, très loin, dans une autre région, un monde abstrait et blanc, dont les frontières brumeuses, épaisses, indiscernables, reculaient sans cesse et s'étendaient partout, rendant impossible toute idée d'évasion. Telles ces nappes de brouillard qui dans le film de Cocteau, *La Belle et la Bête*, se refermaient sur l'imprudent voyageur, le faisant à tout jamais prisonnier du royaume enchanté, l'horizon opaque me semblait moins marquer la limite entre deux univers de nature différente que clore définitivement toute voie vers un retour à l'état antérieur : il n'y avait rien au-delà de ce monde fantomatique et rêveur.

Tout me semblait irréel, la silhouette de Julien qui s'éloignait au point de se perdre, estompée par le brouillard où se fondaient les contours, et ces mouvements intérieurs qui, indéfiniment, telle une obsession, s'entretenant d'eux-mêmes m'avaient tant fait souffrir. Dans cet état, comparable à celui que produit l'anesthésie, je ne parvenais plus à éprouver la moindre émotion me rattachant à lui, ni même à retrouver le souvenir d'une émotion, ce qui aurait tout de même signifié la vie. Privée de sensations et de la faculté même de sentir, j'étais à vrai dire séparée de moi-même autant que de lui.

L'anglais a des mots brefs et puissants pour exprimer cette absence : *dulled, numbed, deadened*. Engourdie, paralysée. Je me rappelais ce que m'avait dit une amie à propos de l'amour – du choix que l'on a (un choix ? c'est une manière de parler) entre une douleur sourde et permanente et les rages de dents, violentes, insupportables. Elle avait oublié, me disais-je, la condition de non-existence où ne subsiste plus qu'une légère impression de désorientation.

Cependant, à la date du 9 janvier, c'est-à-dire peu après mon retour, je trouve dans mon journal ces seuls mots : mon amour. Impuissance à décrire l'état où m'avait jeté le fait de revoir Julien ? Surprise devant le flot de vie soudain que le contact de son corps avait rétabli ? Épuisement causé par le brusque passage d'une situation à son contraire ? De toute évidence, j'étais à court de mots, trop étourdie par la violence de l'émotion, par cette subite accélération de la vie après l'apathie des semaines qui précédaient pour me soucier de décrire en détail ce nouveau miracle. Je le voyais et rien d'autre ne comptait, ni passé ni futur ni pensée ni désir, tout s'annulait devant sa présence, devant la joie retrouvée. Chaque fois, cette impression de renaître, d'émerger d'une obscurité de tombeau dans un rayonnement de vie. Comme si cette émergence avait requis un cheminement ardu et solitaire, processus initiatique qui impliquait, précédant la renaissance, un moment de mort à soi-même. À cette volte-face, je me livrais sans réserve, l'instant qui suivrait pouvait bien être celui de ma mort – la mort, il y a quelques minutes j'y étais encore –, que m'importait ? En la minute présente, tout se trouvait résolu – tout : douleur, sécheresse, attente –, rien n'avait plus d'importance, seule cette joie.

L'impression de libération qui lui était liée expliquait notre légèreté, l'esprit de jeu qui nous animait parfois, quand nous riions de tout et de rien – de nos propos sans queue ni tête, d'anecdotes sans intérêt, de nos gestes qui avaient l'innocence de ceux des premiers hommes au paradis. Le prix à payer, si lourd fût-il, ne pouvait le remettre en question, ce bonheur, puisqu'il était sans rapport avec lui, puisqu'il était, je l'ai déjà dit, d'une autre nature : pour l'évoquer, je ne trouvais que les mots de lumière, d'amour, d'union, mais employés dans leur sens religieux, quand ils impliquent une exaltation de tout l'être projeté hors de sa condition habituelle pour accéder à un autre état. C'est à l'intérieur de mon absorption en Julien, au moment où j'avais le plus totalement renoncé à moi-même, que je trouvais ma liberté la plus grande. Ainsi vivais-je d'une crise à l'autre, tiraillée entre deux modes d'être, entre la recherche d'une pureté qui me faisait emprunter les degrés de l'ascension amoureuse, telle que l'ont décrite les mystiques, et l'épuisement où me laissaient mes efforts, entre l'oubli de soi et la banalité de l'amour intéressé, entre le goût de la gratuité et les rechutes dans l'égoïsme ordinaire.

L'intermède de sommeil et d'éloignement avait donné à ma passion un nouvel essor. Allongée près de Julien, je regardais son profil, l'avancée un peu lourde de ses lèvres, et me sentais comme « anéantie » d'amour – une sensation de douceur pour laquelle les mystiques ont trouvé le mot « s'abîmer ». Les baisers que je déposais sur sa joue, sur ses yeux, sur son front, pour prendre appui sur ces parties-là de son corps, n'en venaient pas moins de l'âme, car ce qui affleurait, tandis que j'embrassais son visage avec dévotion, c'était – j'en avais une représentation exacte – nos deux âmes se mêlant. Comment les concevoir autrement ces heures où nus, allongés côte à côte, nous ne connaissions plus ni limites ni contraintes mais ne sentions que notre liberté – ces heures d'intimité qui suivaient l'amour, où, tels les personnages peints par Tiepolo au plafond des églises vénitiennes – ces élus qui montent et tournoient, comme happés par le bleu du ciel –, nous nous trouvions dotés d'une sorte d'apesanteur ?

24. Idée de solution

Nos rendez-vous s'étaient espacés, une fois par semaine au mieux, le plus souvent moins. Julien m'avait fait un jour la remarque que se voir à un tel rythme impliquait qu'on soit chaque fois « entièrement présent » et j'avais soupçonné que cette « présence » pouvait signifier pour lui un effort, le faix amoureux étant finalement insupportable au moins épris des deux, comme je dus le vérifier par la suite. Au téléphone, il me décrivait sa fatigue, il était épuisé, surchargé d'obligations, il se sentait défait, « émietté », « abasourdi » ; ou bien, pour me faire prendre patience, il m'envoyait des lettres brèves, fréquentes, comme autrefois, au début de notre amour, mais le ton en était bien différent ; dans celle datée du vendredi 8 mars, « à l'aube » précisait-il, je lus : « Mon chéri, j'ai été (je suis) véritablement écrasé cette semaine » ; quelle tâche le requérait ? qui le harcelait ainsi ? Julien évoquait un « ils » mystérieux, et je pensais tristement au « ils » des comptines anglaises qui accusait la société entière, ce « ils » qui, cette semaine, nous enlevait toute possibilité de rencontre et le faisait donc souffrir tout autant que moi : « Tout cela est un peu de souffrance... » N'était-ce pas à le plaindre que j'étais invitée, à le secourir par ma compréhension alors que le monde se liguait pour l'accabler, à me tenir près de lui, fraternellement, oubliant mes propres désirs, et non à réclamer égoïstement de le voir, ce qui contribuait à accroître le poids dont il était chargé ? Je compris bien sûr cette demande implicite, mais ma patience me semblait mériter une concession, et ce nouveau délai m'irrita. Aussi supportai-je mal, la semaine suivante, de ne pas recevoir le coup de téléphone annoncé que j'avais attendu dans une tension grandissante, et je cédai cette fois à un besoin de récrimination qui, au moment même, me parut justifié. Et puis, comment pouvais-je accepter, moi qui ne vivais que pour lui, que mon amour, au lieu de l'aider, au lieu de le soutenir, lui soit une charge, une obligation qui s'ajoutait aux autres ?

Julien devait m'appeler au sortir d'une réunion afin que nous convenions d'un moment où nous retrouver le lendemain. Les heures passaient, la sonnerie restait muette, peu à peu la colère me gagnait : j'étais prête à imaginer une négligence, une dérobade et, moi qui d'habitude en pareil cas aurais trouvé dix interprétations favorables à notre amour, je n'en acceptai bientôt plus qu'une, Julien avait manqué à sa promesse. C'est alors que je décidai de lui écrire. Ce fut l'affaire de quelques minutes et, sans plus réfléchir, poussée par le désir d'alléger un peu ma détresse et, pour une fois de marquer ma déception, craignant aussi de revenir sur ce mouvement l'instant d'après, j'expédiai ma lettre sur-le-champ. Je lui demandai simplement les raisons de son oubli, je ne pouvais me l'expliquer. Un peu de mon ressentiment dut cependant se faire jour, puisque c'est à ce sous-entendu que Julien répondit, comme s'il n'avait attendu que cette obscure rébellion pour donner libre cours à une lassitude accumulée depuis longtemps. Les quelques mots que je reçus par retour du courrier étaient secs : il m'avait téléphoné deux fois, comme il le « devait » (et ce devait me fit mal), mais avant que je sois rentrée, et par la suite il n'avait pu continuer à m'appeler ; il était « à bout, saturé de mille fatigues » (qu'il ne me décrivait pas), il lui fallait « beaucoup d'espace » pour se retrouver ; et il concluait par cette mise en garde qui sonnait comme un ordre de retrait : « Aide-moi en m'en laissant. » Aujourd'hui, je relis cette lettre avec indifférence. Au moment même, j'en fus littéralement terrassée. Dans le chaos qu'elle produisit en moi, comme on s'accroche après une catastrophe aux débris tournoyants qui surnagent, je tentai de saisir des bribes d'explication à cette brutalité inhabituelle.

Fugitivement, je fus tentée de l'associer à des soupçons jaloux qui m'étaient venus récemment, éveillés par son air d'absence ces temps-ci, et par certain nom qui revenait dans la conversation. C'était celui d'une amie avec laquelle il était lié depuis longtemps et que j'avais eu l'occasion de croiser quelquefois dans le milieu littéraire ; je l'admirais pour son air d'intelligence et la personnalité intègre, forte, passionnée qu'on lui prêtait. Ces allusions étaient si légères qu'en toute logique je ne pouvais en tirer de conclusions ; j'en vins pourtant, sans plus de preuves, à me convaincre qu'il avait renoué une ancienne liaison et à tenter de me représenter cette femme et la place qu'elle occupait dans sa vie. En réalité, c'était là un exercice auquel je m'étais déjà livrée bien des fois. Mais alors, son image commença de m'obséder. Je voyais ses yeux, qui étaient grands et pensifs, le charme de son sourire, l'air de tristesse qu'elle avait parfois et, m'imaginant qu'il l'aimait, je me mis à l'aimer à travers lui d'un amour douloureux et prisonnier, plein de fascination, ajoutant à sa beauté un peu austère les traits de caractère que semblait révéler un tel physique et qui attachaient Julien à cette femme depuis des années.

Mais une autre explication me faisait plus mal encore et c'est donc elle que j'adoptai, soupçonnant qu'elle était plus proche de la vérité.

Notre relation idéale, que n'avait jamais traversée ni plainte ni reproche puisque nous nous efforcions chacun d'être ce que souhaitait l'autre, m'avait à demi dissimulé (mais à demi seulement) à quel point cet effort, précisément, lui coûtait. Je ne découvrais pas seulement que mes exigences, si peu formulées, si discrètes me semblait-il (mais peut-on cacher l'intensité d'un amour et le mode sur lequel on le vit?), lui pesaient et qu'il avait besoin de s'éloigner de moi, mais j'avais conscience d'avoir commis une faute, d'avoir manqué à l'amour en réclamant comme un dû ce qui ne l'est jamais. Et, par un mouvement plus excessif encore que ne l'avait été ma colère, désirant racheter ma rapacité par une preuve d'abnégation, je décidai non pas de lui laisser un peu de liberté, comme me le suggérait sa lettre, mais de lui « donner » cet espace qu'il me demandait, c'est-à-dire de faire ce qui me coûtait le plus au monde : de m'écarter de lui, définitivement s'il le fallait. J'étais, malgré la tempête intérieure qui me secouait, bien consciente que ce grand élan n'allait pas sans un calcul de ma part : en me retirant, je voulais sans doute lui permettre de vivre sa vie, mais j'espérais surtout l'émouvoir par ma grandeur d'âme, lui faire craindre de me perdre, et ainsi accroître son amour. Pour qu'il oublie la faute commise, pour rendre à notre attachement la hauteur où j'avais voulu le placer, j'étais prête à m'effacer, à disparaître, renonçant à une nécessité aussi vitale que celle de respirer : celle de le voir. Cette démarche ne toucha son but secret que parce que je fus de bout en bout prête à en assumer les conséquences : je vécus, sans autre atténuation qu'un espoir bien incertain, l'arrachement et le chagrin d'une rupture et je pus écrire, en réponse à la sienne, une lettre sans doute sublime, absolument sincère, qui me fit beaucoup pleurer et soulagea un peu ma tristesse.

Stratégie

On prend parfois, par lassitude ou colère, des décisions héroïques – même un simulacre de fuite en est une – dont le but secret est de faire accourir celui qu'on prétendait éloigner. On joue alors à qui perd gagne. Faisant mine d'avoir le dessous pour mieux reprendre le dessus. Ou révélant par un coup de théâtre une carte jusqu'alors tenue cachée. Alerté par mes velléités de départ, l'autre va se précipiter pour me retenir. Entre-temps, il se sera rendu compte à quel point je lui manque, à quel point il m'aime. Le problème dans un tel jeu, c'est que la mise de départ est lourde : je ne réussis à convaincre mon partenaire de la réalité de mes intentions que si celles-là sont effectivement réelles. Une fuite est un appel au secours : je te fuis pour que tu me cherches. Encore faut-il avoir atteint le stade où cette fuite devient nécessaire, c'est-à-dire un état d'épuisement intenable plus longtemps (on est encore fort éloigné de l'épuisement définitif, celui qui prélude à la rupture). Et même alors, il n'est pas certain qu'on sera cru. C'est là le risque d'un jeu où la marge de manœuvre est étroite. Un jeu où l'on se joue soi-même tout entier.

25. « L'enthousiasme de vertu »

Souvent, dans les heures de grande détresse, j'avais eu recours à l'écriture, notant mes réactions tout au long du jour. Pour continuer d'être reliée à Julien, pour que cesse pendant ce temps la souffrance d'être séparée de lui, j'écrivais sans fin des lettres que je ne lui envoyais pas car j'y décrivais dans leur nudité ces mouvements que pour rien au monde je ne lui aurais laissé voir.

« Les moments où tu exiges le plus de moi sont ceux où tu n'en attends rien. Si tu n'attends rien de moi, je cesse d'exister. À ce sentiment je n'ai pas d'explication ; ce ne sont pas les affinités, ni même le désir, tu as pris possession de tout ce que je suis, de façon profonde, vitale, qui échappe au raisonnement. Pourquoi aime-t-on quelqu'un ? Comment expliquer cette "inscription" d'un être en vous ? Bien entendu il n'y a pas de raison à la violence qui vous est faite, aucune raison ; c'est ainsi, cela ne tient à rien, à aucun trait particulier : il n'y a qu'un besoin qui nous dépasse et nous rive à l'autre, implacablement. On se met parfois à aimer, sans plus pouvoir s'en passer, ce qui tout d'abord ne nous plaisait pas. Un être est entré en nous, devenant notre loi intérieure. »

En effet. Et pourquoi s'en étonner ? On aime avec le corps tout entier, les rébellions de notre esprit ne sont que de surface.

Alors que ses lettres avaient l'impulsivité du cri, quelques mots transcrits comme ils lui venaient, dans un grand élan sans suite, les miennes étaient longuement méditées et correspondaient souvent à mon second mouvement – c'est-à-dire celui que je *voulais* avoir –, exprimant non une voracité qui eût effrayé Julien, mais une patience propre à le rassurer, non l'âpreté à me repaître de ses moindres faits et gestes, mais la reconnaissance pour ce qu'il me donnait. Écrire une bonne lettre d'amour ne me satisfaisait pas moins qu'en recevoir et les sentiments que je décrivais, pour être plus simples et plus généreux qu'ils ne l'étaient dans la réalité, me fournissaient un modèle, m'élevaient l'esprit, stimulaient mon amour. Les lettres de Julien étaient brèves, fréquentes et rapides. Les miennes, apaisées et d'un ton élevé, ressemblaient à des sermons ; il m'en remerciait avec effusion, car fort heureusement il n'était pas porté à l'ironie.

Cette lettre de rupture, réécrite bien des fois, épurée jusqu'à atteindre le degré de calme et de détachement voulu, dut le surprendre par sa simplicité : c'est que j'en avais supprimé toute expression trop étroitement égoïste. « Cet espace que j'ai pu te prendre et que tu me réclames dans ta lettre, je te le donne », écrivais-je, et j'avais barré « malgré le déchirement que j'en ressens » ; puis j'évoquais l'image de *La Valse* par laquelle tout avait commencé ; notre amour était resté fidèle à ce mouvement et à l'élan qu'il m'avait communiqué. C'est la joie qui me donnait le courage de partir, affirmai-je en toute sincérité, choisissant seulement de taire tout le reste. Je terminai ma lettre sur cette note positive, sur la dévotion heureuse avec laquelle, pendant un an, j'avais gardé la présence de Julien en moi. Et il est vrai que par-delà doutes et révoltes, périodes de sécheresse et de jalousie qui appartenaient à la dimension courante, mon amour n'avait cessé de croître dans l'autre et de s'attacher à la joie.

Et pourtant, tandis que j'écrivais ces belles pages de renoncement, pleurant de tristesse aussi bien que de l'émotion provoquée par la beauté de mon geste, j'avais l'impression d'une pose. Aurait-il donc fallu m'abandonner à mon agitation intérieure et déverser ma déception en des pages pleines de reproches mesquins ? Mais, une fois de plus, je trouvai ma meilleure défense dans une attitude qui, moralement, esthétiquement, me satisfaisait. Si je me suis, finalement, « bien conduite », n'était-ce pas pour triompher de moi-même et de lui, autant que par magnanimité réelle et par souci de l'amour ? Quelle que fût l'origine complexe de ma décision, j'en payai le prix fort : en postant cette lettre, il me sembla que je signais mon arrêt de mort.

Gagner

Dans le jeu de l'amour, ce qui me préoccupait le plus, c'était encore de gagner. Ou, plus exactement, de me montrer supérieure aux circonstances. Bien entendu, ce désir souterrain de gagner, à vrai dire à peine conscient, ne s'opposait nullement à celui que j'avais de me perdre dans l'intensité amoureuse. « Amour est vouloir de perdition », une affirmation à mon avis plus juste que l'inverse, « Amour est vouloir de possession ». Mais se perdre n'est pas perdre, c'est même tout le contraire. Lorsque nous nous sommes efforcés de montrer dans l'amour le meilleur de nous-même, lorsque nous avons réussi à présenter à l'autre une image de nous à laquelle nous tenons, il n'est pas facile de perdre le résultat de tant d'efforts, car autant que de l'être aimé, c'est de toute cette construction si ardue, inséparable de lui, que nous sommes épris, et c'est à elle que nous ne voulons pas renoncer. Amour de soi.

Quant aux lettres, j'eus vite fait de comprendre que, quand on écrit à un amant, c'est moins dans le souci d'exposer une vérité que de se faire aimer. « Vous devez donc moins chercher à lui dire ce que vous pensez que ce qui lui plaît davantage », avait dit Mme de Merteuil. Mais je n'avais pas besoin de ses conseils pour faire ce calcul. Dans la guerre de la séduction, il est évident que les rôles peuvent être inversés et que le conquérant doit à son tour et à jamais être conquis.

26. L'heure de plomb

Je passais les jours suivants dans un abattement qui émoussait la souffrance. Un poème d'Emily Dickinson me revint en mémoire. Je trouvais certaine consolation à me le répéter : *« This is the Hour of Lead »*, écrivait-elle, et cette « heure de plomb », je la sentais peser sur moi de tout son poids, « À une grande douleur, succède un calme solennel –/ Les Nerfs ont un air compassé, de Tombeaux – ». Au bout de la peine, il existe en effet une sorte de paix proche de l'état léthargique, j'en fis alors l'expérience : cette extrémité m'apparut comme le lieu où rien ne peut plus vous toucher, où vous indiffère ce qui d'habitude vous blesse. Je m'y sentais hors d'atteinte, repliée au plus profond de moi, dans un creux inaccessible. Comme si était intervenue une accalmie après des jours entiers où le fait même de respirer me faisait mal. Emily Dickinson appelait langueur cette convalescence qui succède à la souffrance : un état d'indolence où l'on n'exige plus rien de soi, heureux simplement de ne plus rien sentir – pas plus que cela : ne rien sentir. « Un contentement de Quartz, de caillou. »

Mais la nuit je me réveillais d'un seul coup, traversée d'une douleur fulgurante, je pensais que j'avais perdu Julien et je n'avais plus envie de vivre. Auparavant m'étaient venues des velléités de fuite ; elles ne s'étaient, il est vrai, manifestées que par le respect de son propre silence : je ne l'avais pas appelé ni n'avais écrit ; mais après des jours de non-vie qui m'avaient isolée dans un monde lointain, souterrain et clos, il ne me restait, en entendant de nouveau sa voix, plus l'ombre de force pour résister à l'impulsion qui me poussait vers lui. Ce son retrouvé, le son de sa voix s'adressant à moi alors que je le croyais perdu, c'était, avec la cessation de la douleur, un afflux de vie si puissant que je pouvais à peine le supporter. J'écoutais sa voix, seulement cela, sa voix. Et je me jurais qu'à l'avenir, quoi qu'il fasse, quoi qu'il me dise, le seul bonheur de sa présence ininterrompue en moi me suffirait. Et voilà que par ma faute, j'avais gravement compromis cette présence sans laquelle je ne pouvais vivre. Pourtant, m'eût-il été possible, cette fois, de faire l'économie d'un geste de générosité et du demi-calcul qu'il recouvrait ? Je conclus que non et ainsi, tantôt m'accusais tantôt m'absolvais, revenant sans cesse sur nos lettres, sur le choc que m'avait causé la sienne, cette subite sensation d'écrasement dont je ne parvenais pas à me défaire, et sur l'élan qui m'avait portée tant que je rédigeais la mienne et qui de temps à autre me ranimait encore. Dominant tout cela, le sentiment de la perte. Bien entendu, je griffonnais un certain nombre de lettres qui n'étaient, elles, nullement apaisées et que je ne lui adressais pas : « J'ai fait mon travail de deuil (c'est tout au moins ce que je croyais). Tu n'imagines pas ce que j'ai pu être malheureuse avant d'en arriver là, ne sachant plus où j'en étais, pleurant partout, dans le métro, chez moi, à mon travail... Cette impression de mourir, la douleur, ressentie physiquement, d'un arrachement – et les réveils en sursaut toutes les nuits, nuit après nuit, comme si on me donnait un coup de poignard, avec le sentiment de ne plus t'avoir, de t'avoir perdu... » et ainsi de suite mes plaintes silencieuses continuaient.

27. *Revirement*

Plusieurs jours s'écoulèrent dans cet état d'esprit avant que me parvienne la lettre que j'attendais de toutes mes forces sans trop oser y croire. Julien m'écrivait, cela signifiait donc que nous n'étions pas séparés, peut-être refusait-il ma suggestion, peut-être voulait-il me revoir. Mais déjà cette preuve qu'il n'avait pas disparu à jamais, que la réalité ne s'était pas refermée sur son absence – en ce cas elle cessait de m'intéresser – , me ramenait à la vie. Je devinai son écriture ornant l'enveloppe gonflée avant même de l'avoir vue.

S'il m'avait toujours été difficile d'ouvrir ses lettres, tant l'anxiété m'agitait, on peut imaginer la peur qui me faisait trembler cette fois. Comme au retour de Grèce, mais pour les raisons inverses, il me fut d'abord impossible de la lire. Tant que je ne connaissais pas son contenu, cette lettre serrée contre moi, qui portait mon nom et le tampon du jour, cette lettre de *lui* à *moi*, attestait que nous étions liés, que rien n'avait changé. Je conservais un espoir de vie. Puis, n'y tenant plus et sans même l'avoir voulu, je déchirai impulsivement l'enveloppe et lus la première page sans tout d'abord en comprendre le sens; mon impression générale fut qu'il me remerciait, le reste me sembla énigmatique: «merci de ton infiniment bonne lettre, avais-je enregistré ; j'y ai lu dans toute son ampleur qui tu es, et qui m'est si cher. Je l'ai bien reçu, mais il va me falloir du temps pour en mesurer toutes les implications... » Les phrases qui suivaient ne m'éclairaient pas : elles tournaient autour de l'état mystérieux de Julien et de son impossibilité à me répondre. Que fallait-il en conclure ? Que signifiait ce temps qu'il me demandait ? Devait-il aboutir à l'acceptation de mon départ, ou n'était-ce qu'un refus dissimulé de prendre en compte son éventualité et ma proposition, comme le suggéraient les dernières lignes ? En bref, il me parut que Julien se dérobait encore une fois en évitant d'affronter mon malaise. Mais peut-être, après tout, était-ce là sagesse de sa part : il persévérait dans la voie que nous nous étions fixée au départ, le refus de l'analyse et des vaines discussions. La fin de sa lettre, réponse à la question que je n'avais pas posée, résonnait comme la plus belle, la plus rassurante des affirmations : « ... je puis te dire : oui, tu es très présente en moi, je t'aime. » Mais aucune proposition de se revoir ne suivait : nous ne demeurions pas moins séparés.

Je restai quinze jours sans nouvelles, durant lesquels, au lieu de me réjouir de ce « je t'aime », je continuais à m'interroger sur sa signification. Bien des fois j'ai ainsi, par manque de confiance, par besoin d'un assouvissement impossible, gâché le bonheur que Julien m'offrait. Et cela, malgré ma résolution, laissant de côté mes piètres inquiétudes, de ne prendre que la joie.

Puis je reçus une autre lettre, plus longue celle-là, postée de Bretagne où il était parti se reposer. Il m'y décrivait le paysage et ce paysage lui ressemblait : tout en ruptures, en plans successifs, « mer contre rocher, rocher contre mer », le décor était devenu le prétexte à une tentative d'éclaircissement de sa nature profonde ; « rien n'explose, tout se résout en transparences, écume dans la lumière, les rochers deviennent du cristal... », et ces chocs formidables de la mer contre le roc, quoiqu'ils aient donné à chaque instant l'image de l'explosion finale et l'idée de la mort, aboutissaient à des effets aériens, irisés, légèreté de l'écume jaillissant dans la lumière... De même, sa vie lui apparaissait comme une suite de déplacements « vertigineux », d'écarts « vraiment douloureux », d'expériences « abyssales » qui devenaient l'occasion d'un bond non pas vers la mort, mais hors de la prison du soi, vers la perte de soi ; après, concluait-il, « on ramasse les morceaux et cette opération-là est vraiment créatrice ». Le tour d'esprit comme le vocabulaire de cette lettre étaient fondamentalement romantiques, ce que Julien cachait tant bien que mal avec une expression prosaïque et moderne qui révélait le travail de création auquel il attachait la plus grande importance : « ramasser les morceaux ». Je ne pus m'empêcher de trouver excessive, et donc suspecte de complaisance, cette familiarité affichée avec les gouffres. Et puis, avec quel tranquille égocentrisme il me parlait de lui, décrivant ses états d'âme et oubliant les miens, sur lesquels j'avais peu insisté, il est vrai.

Cependant, cette tentative pour s'analyser, alors qu'habituellement il répugnait à le faire, me toucha. Non qu'elle m'apprît rien de nouveau : je me faisais, je crois, une idée assez juste de l'image qu'il avait de lui-même. Mais je compris qu'il avait voulu se faire connaître de moi aussi profondément que possible. Et, ce qui comptait bien plus encore, les dernières lignes m'associaient au sentiment de révélation qu'il avait eu devant ce paysage tourmenté : au moment où il avait atteint une vérité essentielle sur lui-même, où il maniait de plain-pied les notions de vie et de mort, c'est à moi que Julien avait pensé, c'est avec moi qu'il était, c'est de moi qu'il avait désiré se faire comprendre. « Mon chéri, ce que je puis dire, m'écrivait-il pour terminer, c'est ceci : là-bas j'ai pensé à toi. Ce que je puis dire c'est ceci : là-bas j'ai été en toi. » Cette allusion directe à notre intimité provoqua le revirement désiré. En un instant je passai de l'accablement à la joie : ces quelques mots me soulevèrent littéralement de terre ; en un instant le monde avait changé. Dans l'ivresse qui m'avait saisie, je ne résistai pas au désir de l'appeler : à peine avais-je reposé sa lettre que je composai son numéro. Il était là, il m'attendait. Un quart d'heure plus tard, le temps de sauter dans un taxi, j'étais dans ses bras.

Mais ce jour-là aucune tendresse ne vint adoucir la violence avec laquelle je le retrouvai. Un peu du ressentiment que j'avais éprouvé avait sans doute subsisté en moi, mêlé à la fureur plus profonde de ne pouvoir cesser d'exister en l'aimant, de ne pouvoir abolir tout sentiment de séparation pour disparaître en lui dans cette étreinte, à jamais : peu m'importait à ce moment de l'aimer ou de le haïr, de le rejoindre ou de l'affronter. Je ne lui donnai rien, pas une once de moi-même, mais ne fis que satisfaire mon désir le plus ardent, vivant jusqu'au bout ce que j'avais à vivre. Pas une seconde ne me préoccupa la pensée de ce qu'il ressentait, ni le besoin de partager : je ne cherchai le plaisir et l'oubli qu'il procure que pour fuir la souffrance continuelle de ma tension vers cet homme. Et nous fîmes l'amour cette fois avec une sorte de rage, semblable à la volonté d'effacer, de détruire, l'autre ou soi, quelle importance ? Dans l'un et l'autre cas, ne s'agit-il pas de ne plus exister ? La mort libérée du mourir. Ainsi espérai-je, bien illusoirement, calmer dans le plaisir le besoin que j'avais de lui, ou peut-être simplement l'oublier. Mais les heures et les journées qui suivirent l'exaspération de cette rencontre furent sèches et vides ; dégrisée, ramenée à mes seuls moyens, je ne sentis plus que la perte et le manque.

28. *Angoisse*

Peu de temps après cette scène, mon humeur négative avait changé. Probablement avions-nous épuisé un peu de cette rage qui nous avait jetés l'un vers l'autre, puisque je trouve dans mes brouillons de lettres datant de cette époque des lignes d'un ton tout différent. Incapable de traduire la force de cette passion, je me servais, comme dans certaines prières d'invocation, de la répétition pour écrire une lettre destinée au double invisible de Julien, avec lequel, sans crainte de l'accabler, je m'entretenais régulièrement de notre amour. Cette lettre, comme maintes autres qui lui ressemblaient, ne lui fut jamais adressée.

Parfois, je parvenais à maintenir cet état d'exaltation quelques jours, puis peu à peu il s'effaçait et l'opprimant besoin à nouveau me dominait. Parfois, seule la tristesse succédait à nos rencontres ; je me retrouvai dans la rue après une dernière étreinte, aussi démunie, aussi désemparée que s'il m'avait chassée. Et, ce qui ajoutait à mon désarroi, la raison de ce sentiment d'abandon m'échappait, comme si les portes du paradis s'étaient, sans explication, refermées derrière moi, et la grâce d'aimer qui l'instant d'avant m'éclairait m'était – mais pour quelle faute ? – soudain retirée. La désolation de ces moments qui me menaient de la porte close à l'entrée du métro, alors que m'avait désertée l'élan amoureux comme se dissipe l'effet d'un philtre, et qu'une sensation de vide et de dénuement remplaçait l'euphorie des minutes précédentes... Je reprenais les longs couloirs dans un état de morne désespoir, sachant que seule une nouvelle rencontre, qui ne se présenterait peut-être pas de sitôt, aurait raison de mon insatisfaction grandissante. Ce n'est pas tant que j'aie besoin de le voir, avais-je songé, ce que je ne puis supporter, c'est la sensation que nous sommes séparés. Car cette séparation, je la ressens dans tout mon corps, comme un poids si lourd qu'il m'écrase, m'enfonçant dans le sol à chaque pas, et je ne puis plus vivre, plus respirer, plus penser quand je ne le vois pas. Si je parviens à l'aimer suffisamment pour qu'il vive en moi sans le secours trompeur de la présence, alors prendront fin ce doute et cette nécessité... Mais en attendant ce difficile progrès, tantôt je lui en voulais bêtement de son impuissance à me donner ce qu'exigeait mon amour, tantôt je le remerciais et l'aimais à l'égal d'un dieu parce que son amour exigeait tant de moi. Tantôt m'apparaissait, irrémédiable, le décalage entre mes aspirations et la réalité – et je l'accusais dans des lettres injurieuses qu'heureusement je ne lui envoyais pas –, tantôt cet écart se trouvait comblé, il redevenait le transfigurateur du monde, et la joie revenue m'étourdissait comme une bouffée d'air au sortir de prison.

« Tu n'es jamais qu'un prétexte qui me permet de faire vivre ce que j'ai en moi, lui écrivais-je entre autres amabilités (lettre non envoyée). Un mannequin auquel manquent les bonnes mesures, d'une taille trop petite pour les vêtements que je lui destine. » Si je cite ces phrases aujourd'hui, c'est pour la honte qu'elles m'inspirent. Car il est évident que c'est à moi que manquait « la bonne mesure ».

Sans doute je sus très vite que l'amour d'un être était aussi, et peut-être avant tout, le moyen d'accès vers autre chose – vers un état d'unité dont j'avais eu l'intuition dès l'enfance et que depuis lors je n'avais cessé de rechercher ; il était comme une échappée de l'être quittant l'ici pour regagner un ailleurs dont il aurait gardé la nostalgie, pensais-je en me remémorant d'anciennes lectures philosophiques dont je vérifiais à présent l'exactitude dans mon corps. Mais pouvais-je tenir rigueur à Julien de n'être pas toujours le lien magique entre deux mondes si distants l'un de l'autre ? Et, si je ne parvenais pas à franchir la frontière qui les séparait, ou si l'ensorcellement ne se prolongeait pas au-delà de l'événement, fallait-il le considérer comme responsable de mon insuffisance ? Devais-je pour autant exiger de lui qu'il me donne, par l'amour charnel, bientôt transformé en une drogue, les moyens d'un envol dont j'avais si vite épuisé les effets ? Alors que précisément, dans sa sagesse, il évitait ces rencontres trop fréquentes par lesquelles on tombe dans le relâchement et la routine.

Cependant, sur ce plan nous nous comprenions sans qu'il fût besoin de nous expliquer, car nous étions profondément semblables.

Un jour, dans une conversation où il n'était pourtant question que des autres, j'avais dû laisser transparaître une certaine impatience et le désir d'être rassurée, puisque c'est à ce désir plus qu'à mes paroles que Julien répondit, en l'éludant d'ailleurs et en me renvoyant à mon inquiétude. Je lui avais dit :

– L'ennui qu'on peut éprouver en société, ou même dans un tête-à-tête, tient pour moi à un sentiment de limitation, j'y ai réfléchi, il vient de ce qu'on se heurte aux limites des autres, comme aux siennes propres, d'ailleurs. Mais, de temps en temps, on rencontre des êtres avec lesquels on respire plus largement, plus librement (il aimait le mot de respiration et je l'utilisais donc à tout bout de champ). En face d'eux on a l'impression qu'ils ont résolu ou dépassé ces questions sur lesquelles on bute toujours, tandis que des autres, on sent qu'ils ne se les sont même pas posées.

En évoquant ces êtres-là, en utilisant un pluriel, je pensais à lui, bien sûr, à Julien qui était pour moi la levée des limites qui me pesaient chez autrui, lui, le seul être avec lequel disparaissaient obstacles et frontières – cela non en raison d'un savoir, très ancien me semblait-il et qui m'avait toujours surprise, mais parce que je l'aimais. Mais de cette pensée je ne lui dis rien, désireuse sans doute d'éveiller sa curiosité et de provoquer une question de sa part. Et j'ajoutai, je crois, quelque remarque banale sur l'impression d'isolement dont on souffre souvent en société.

– Vivre est un exercice sur du vide, m'avait-il répondu. Rien n'est suffisant. On ne trouve que des compensations.

Cette déclaration d'une gravité inaccoutumée, faite d'un air sombre et lointain, n'était certes pas pour me réconforter : l'amour n'était ni le centre ni la justification de sa vie – ce qu'il était devenu pour moi –, il n'était qu'une « compensation », insuffisant lui aussi en fin de compte, une brève floraison de l'être sur fond de néant. Malgré la tristesse que j'en éprouvai – car ce jour-là la joie nous avait délaissés –, je me sentis immédiatement solidaire, je le compris : je le comprenais toujours.

Tous deux nous aspirions à l'illimitation de l'amour. Tous deux nous traversions des périodes de sécheresse, quand, l'amour nous faisant défaut, nous mesurions d'un coup toute l'étendue de notre pauvreté. C'est ce besoin de transcendance qui nous lia, aussi bien que l'angoisse profonde qui le sous-tendait. Cependant, si semblables pour l'essentiel, nous étions aussi fort différents. Fidèle au principe viril qui le vouait à l'action, Julien cherchait l'illimité à travers le nombre et il alignait les conquêtes. Pour moi, la vocation à laquelle j'obéissais maintenant, après l'avoir fuie il est vrai, était de me laisser absorber sur place. Ainsi incarnions-nous les natures opposées et complémentaires, d'ordinaire mêlées en chacun, de l'homme et de la femme, et, alors même que notre ressemblance nous émerveillait, nous nous préparions, selon la loi du malentendu des sexes, à nous éloigner toujours plus l'un de l'autre. Longtemps m'étonna la manière dont nous étions ajustés, miracle ne cessant de se renouveler, auquel contribuaient même ces aspects de nos personnalités qui semblaient devoir s'y opposer. Puis nos différences s'accusèrent – mais ces différences aussi m'avaient semblé destinées à stimuler l'amour.

Sans doute, dès le premier jour, un côté féminin fait de charme, de douceur et d'une apparente fragilité m'avait frappée chez Julien; il était constamment en danger d'être subjugué par n'importe quelle force, et cette vulnérabilité me plaisait. Mais au lieu de céder à cette force, il en était brisé, à moins qu'il ne cherchât à son tour à la soumettre et à l'utiliser. Et ce côté absolument viril me plaisait aussi (j'aimais l'alliance en lui d'une sensibilité constamment réceptive et d'un subtil pouvoir à dominer ce qui l'impressionnait). Il n'était donc pas dépourvu de traits féminins, pas plus que je n'étais exempte de caractéristiques masculines. Mais, dans l'ensemble, peu d'hommes représentaient autant que lui l'instinct viril, peu de femmes autant que moi l'instinct féminin, lui qui cherchait à se renouveler dans le geste indéfiniment répété de l'amour, moi qui ne désirais qu'une chose : me dissoudre, disparaître, m'abîmer en lui. Rien ne m'inspirait autant de crainte que la dispersion et l'agitation de surface, remous incessants qui nous entraînent loin du centre immobile, là où la vie devient sensible ; il me fallait m'enfoncer en moi-même, loin au-dedans, comme dans une grotte sous-marine, et reprendre possession des trésors de l'instant. Tandis que jamais il ne s'attardait dans la sensation, étant mû par son besoin de nouveauté, étant poussé à repartir, à vivre intensément, à se jeter à corps perdu dans de nouvelles amours, de nouvelles expériences. Et il parcourait en surface cette distance que je franchissais dans les profondeurs, si bien que s'accentuait sans cesse l'écart qui nous séparait, même si nous poursuivions tout le temps le même but.

Cette découverte d'une différence fondamentale, j'avais tenté, puisant dans mes lectures – Platon, ou Yeats peut-être, poète dont m'intéressait la démarche spirituelle –, de la lui décrire en termes généraux, à la façon d'une loi, en distinguant deux sortes d'êtres (par lesquels je signifiais bien entendu lui et moi) : « Ceux qui ont gardé la nostalgie de l'unité première s'efforcent de tout leur être d'y revenir, cherchant à rassembler en eux, dans l'état de fusion, ces éléments épars dont ils ne se satisfont jamais isolément. Les autres tentent de capter la totalité, non pas en un seul acte d'union, mais par leur adhésion à la multiplicité, dans une fragmentation infinie de leur être. » Ce petit passage me plaisait assez, car l'idée de fragmentation, qui lui était venue récemment à propos de lui-même, le convaincrait peut-être de la justesse de ma pensée et ferait pardonner ce qu'il serait sans nul doute tenté de juger comme de l'abstraction pédante (souvent il m'avait mise en garde contre ma tendance à théoriser).

Mais il ne fit pas de commentaires. Et de toute façon, si mon espoir était de rapprocher nos démarches – c'est-à-dire de le rendre fidèle, comme je l'étais, car toutes ces belles pensées en revenaient à ce simple calcul –, n'était-ce pas une tentative d'avance vouée à l'échec ? N'était-il pas illusoire de vouloir le changer ? Je pouvais bien l'impressionner par la profondeur de mon amour et les modèles culturels qu'il se donnait, ce n'était pas, je le savais, par de tels moyens que j'obtiendrais cette réciprocité totale dont je rêvais, si, en revanche, ils m'assuraient sa reconnaissance, son estime, certaine fierté... Pourtant, je n'avais pas renoncé à rendre Julien plus amoureux, c'est-à-dire à faire de son attachement l'exacte réplique du mien, parfaite coïncidence des sentiments qui à mes yeux signifiait un état de félicité permanent, l'absence de ces retombées qui me tuaient, et, surtout, l'assurance que l'amour était, comme pour moi, devenu la réussite de sa vie. Ce dernier point en effet me tourmentait plus particulièrement : à défaut d'une telle certitude, il me semblait que jamais je ne trouverais de paix.

Une poupée gonflable

Le reproche de l'insuffisance. Proféré par tous ceux qui se sentent mal aimés. Insuffisant sans doute, l'être aimé, mais seulement en regard d'une exigence exorbitante. Comme si l'autre devait se transformer et acquérir la taille requise par notre désir, grossir ou grandir, prendre ici un peu de volume et là en perdre, enfler prodigieusement ou rapetisser selon les cas, tout cela afin de se conformer à notre *idée de la juste mesure (juste, c'est-à-dire celle qui me convient). « L'autre me doit ce dont j'ai besoin. »*

Il faut savoir que l'amour qu'on porte à un être ne nous donne aucun droit sur lui. Celui qui prétend le contraire est quelqu'un de dangereux.

29. Séduction

Pendant toute cette période, si j'en crois ce que Julien m'affirma par la suite, peu avant notre séparation, il ne me trompait guère, au moins au sens où il l'entendait : quelques passades sans doute, quelques incursions sans lendemain, par curiosité, besoin de séduire et d'être séduit, quelques maîtresses retrouvées et honorées, non sans émotion, quelques habitudes tendres et sans conséquences, mais aucune femme n'approcha, même de loin m'assura-t-il, cette place centrale que j'occupais. La question lui avait semblé saugrenue, importune, inutile, et il m'y avait répondu d'un air vague, comme en cherchant à se souvenir. Elle heurtait ses théories sur la liberté et l'idée, maintes fois défendue, qu'on « n'aime pas moins un être parce qu'on en aime d'autres ». Toujours l'équivoque sur le mot amour. Quant à moi, sa réponse m'avait permis d'écarter définitivement, au moment où c'était devenu inutile, un doute qui m'avait longtemps torturée. Tout de même, il me restait la satisfaction de savoir. Mais aurais-je obtenu une réponse à cette question à l'époque où elle me troublait, que cette demi-certitude n'aurait probablement rien changé : ce doute, ne s'était-il pas ingénié à l'entretenir, préservant soigneusement son secret, ne me donnant d'indications – comme ces signes de piste dans ces jeux dont, enfant, j'avais horreur – que pour les brouiller tout aussitôt, me fournissant à brûle-pourpoint la précision qu'il me refusait la veille, ou remplissant dans son emploi du temps, par l'aveu de quelque occupation innocente, telle la visite d'un musée, cette case qu'il avait laissée vide et qui me semblait receler une menace redoutable ? Parfois il rentrait de voyage et me téléphonait qu'il était débordé, nous nous verrions le lendemain, ou dans deux jours. Et je me désespérais de penser que quelque chose, ou, pire encore, quelqu'un pût le retenir loin de moi. Parfois, ses yeux au regard absent me semblaient contempler quelque vision qui m'était refusée et dont j'imaginais, parce qu'elle me demeurait inaccessible, qu'elle était belle, profonde et pleine de séduction. Cet inconnu qui se déployait derrière son expression rêveuse, ce mystère de sa vie et de son être, c'est de cela que j'étais éprise. Car le lointain sur lequel ses yeux, par-delà ma personne, restaient fixés, n'était-il pas comme un reflet de cet ailleurs que je désirais tant atteindre, où j'espérais vainement le rejoindre ? Les arguments raisonnables comptaient bien peu, qui voulaient ramener l'origine de ses absences à des incidents précis et limités : mon amour, au-delà de toute cause vraisemblable, me montrait le besoin essentiel de sa nature, besoin de l'illimité auquel je ne cessais de répondre.

Je crois aujourd'hui que, comme tous les vrais séducteurs, il pratiquait fort consciemment une stratégie amoureuse, qui au reste correspondait assez à ses désirs de liberté, répartissant avec un sûr instinct au long des jours les avancées et les replis, le don de sa présence et la peine de son absence, les doses d'aveu et celles de silence, jouant de son goût de la fuite et de l'insatisfaction qui lui était naturelle et qui intriguait tant les femmes. Mais je ne voudrais pas laisser croire qu'il s'agît là d'un froid calcul : Julien avait le génie de l'improvisation, s'il se laissait guider dans ses trouvailles par sa science longuement éprouvée de l'amour. Aussi bien j'avais deviné ses manœuvres, mais sa sincérité l'emportait toujours à mes yeux sur le jeu ; parfois, au cours de la conversation, je le voyais perdu dans quelque souvenir, enchanté encore, ou troublé et exténué, heureux ou abattu selon les jours ; alors, j'éprouvais moi-même bonheur ou lassitude, comme si un seul esprit nous animait, comme si nous ne faisions plus qu'un : sans doute se laissait-il voir dans ses variations intérieures pour stimuler mon amour et ma jalousie – car à l'humeur qui nous avait saisis se mêlait pour moi (et il le savait) la tristesse de savoir que je n'en étais pas la cause, qu'une autre peut-être l'avait provoquée et continuait de lui occuper l'esprit en ma présence. Il n'en est pas moins vrai que ces états il les traversait, ces sentiments il les ressentait avec l'acuité qui lui était propre. Et je les partageais. Il me faisait souffrir, ainsi l'exige l'amour qui veut « qu'on n'aime jamais que ce qu'on ne possède pas tout entier » ; pourtant, comme il m'aimait vraiment (même si son amour ne ressemblait pas au mien), il voulait aussi m'éviter de souffrir, double nécessité qui explique en partie les contradictions dans sa conduite et les alternances qui me faisaient osciller de cimes en précipices.

Jamais il ne me parla ouvertement des femmes qui traversaient son existence ; l'alerte était maintenue plutôt par des propos de caractère général, sur la vie, l'amour, les femmes ; ou bien il mentionnait une rencontre, sur laquelle il se gardait d'insister, anodine peut-être : lors d'un voyage à Lyon, il avait eu l'occasion de s'entretenir avec la directrice d'un musée, une femme intelligente, dont les projets l'intéressaient... une autre était venue lui rendre visite, un poète, incroyablement névrosée précisait-il, mais un vrai écrivain, consciente de l'importance de chaque lettre à l'intérieur du mot, et qui parlait de littérature avec beaucoup de pénétration. Sachant que toute femme avait une chance de lui plaire, même si elle n'était que modérément jolie, pourvu qu'elle fût sensible et intelligente, mon imagination s'épuisait à tenter de mesurer ces qualités dont il venait de me donner un aperçu et qui l'avaient attiré, séduit peut-être, ces affinités électives qui feraient de la nouvelle venue la prochaine passion de sa vie. Plus difficile, et plus douloureux encore, était de me représenter des qualités entièrement différentes des miennes et qui pourtant le touchaient, au point qu'il les préférait peut-être – d'imaginer qu'il éprouvait du plaisir avec une personne en tout point dissemblable de moi, lui donnant des sensations que je n'étais pas capable de lui donner, qu'il était heureux avec un être dont la nature et les manières n'évoquaient en rien les miennes, dans un monde où je n'avais pas d'existence.

Si je ressentais à la pensée qu'une autre puisse le toucher un sentiment de profanation, bien plus grande était la douleur d'imaginer entre elle et lui une forme d'intimité spirituelle.

Aiguisée par son air de distraction, ma jalousie en vint à se cristalliser, faute d'un support plus précis, sur l'une de ses amies que j'eus l'occasion de rencontrer de nouveau à cette époque, lors du vernissage d'une exposition. Il me suffit de la voir pour que mon imagination donne forme à une histoire jusqu'alors restée dans l'ombre. C'était cette femme aux yeux pensifs dont la présence m'avait déjà inquiétée. Je lui parlai ce jour-là pour la première fois, prête à être séduite à mon tour, oubliant dans mon émotion les tableaux aux murs et la foule qui nous entourait, désirant et redoutant tout à la fois qu'elle connût ma relation avec Julien, ce lien qui nous unissait aussi elle et moi. Elle était belle ; surtout, elle avait une expression de réserve et d'intériorité que l'on trouve rarement et qui est comme la trace de l'âme dans le regard (j'avais retrouvé l'usage du mot âme depuis que j'aimais Julien ; il convenait d'autant mieux ici que cette amie avait une réputation de mysticisme qui eût suffi à l'isoler de son milieu et à la rendre intéressante à mes yeux). Instantanément, elle me fascina. Son image s'installa en moi, et l'émotion de notre aparté dans la foule lui resta associée, cet instant où elle s'était adressée à moi, à l'exclusion des personnes qui l'accompagnaient, comme si elle reconnaissait entre nous quelque secrète parenté. À mesure que je m'éprenais de ce visage, celui de Julien s'effaçait de ma mémoire : c'était le sourire de cette femme, la longueur de ses paupières, la finesse de sa peau tendue sur l'ossature de ses pommettes qui me revenaient, et cet air lointain qui devait plaire à Julien, et sa haute taille, et l'élégance de ses membres. À partir de ces traits que je considérais comme autant de signes de son caractère, je tentais d'imaginer sa vie, son travail, ses pensées, le retrait où elle vivait et son attirance pour Dieu, c'est-à-dire tout ce qui, croyais-je, alimentait son entente avec Julien. Elle en vint à occuper constamment mon esprit, si bien que peu à peu s'estompa en moi la réalité de la présence aimée. Je me demandai si Julien et elle avaient fait l'amour et conclus par l'affirmative, incapable d'imaginer qu'il n'ait pas été séduit par une femme si douée et si attirante ; le reste devait suivre : pas un instant je n'imaginais que Julien pût ne pas lui plaire. Quel changement le plaisir imprimait-il sur ses traits, que devenait cet air de retenue et de dignité quand elle s'abandonnait dans l'amour ? Et si le don de séduction se mesure à la difficulté de la conquête – or je savais que Julien avait un besoin constant de vérifier le sien –, n'était-il pas plus flatteur d'être le magicien par qui un tel bouleversement se produit que le modeste artisan prenant sa place, son tour venu, parmi bien d'autres ? J'imaginais son visage renversé et l'expression de ses yeux mi-clos tandis qu'elle se laissait dériver dans le plaisir. Immanquablement, une image se présentait à ma mémoire, celle, érotique et mystique, de la sainte Thérèse du Bernin dont la bouche entrouverte sur un cri inaudible et l'air d'agonie bienheureuse s'ajoutèrent dorénavant aux moyens de mon supplice. Connaissant la nature de l'angoisse de Julien et pressentant le désir d'absolu qui inspirait son amie, j'eus l'intuition d'un amour puisé à la source la plus profonde, un amour qui les liait indissolublement. Il ressemblait à s'y méprendre à celui que j'avais pour Julien, à vrai dire il en était comme le double réussi, étant toujours semblable aux moments les plus hauts à partir desquels mon imagination douloureuse avait travaillé. J'aimais cette femme. J'aurais voulu pouvoir observer l'altération de son visage dans le plaisir et constater l'effet sur elle du pouvoir de Julien, pouvoir qui, par une curieuse aberration, devenait aussi le mien. Je désirais passionnément partager avec elle la nouveauté de notre commune découverte. Et peut-être aimais-je Julien davantage d'avoir su retenir et subjuguer un être aussi remarquable. Ma souffrance se mêlait d'un trouble plaisir. C'est alors que je commençai d'entrevoir le phénomène étrange de l'identification à l'amant que je devais plus tard ressentir pleinement.

Il en fut de cette obsession comme de bien d'autres : elle ne reposait sur rien sinon de vagues impressions et elle s'effaça d'elle-même, remplacée par quelque nouvelle idée moins troublante qu'un mot ou une expression de Julien devait me suggérer.

Ce n'est pas tant la jalousie qui me fit souffrir. En définitive, je ne m'interrogeais que peu sur ces pans de sa vie que Julien me cachait, puisque mon imagination manquait d'éléments à partir desquels travailler. Une autre question m'occupait – quel était cet amour dont il m'assurait avec force et que jamais il ne se souciait de définir ? Lorsque je lui écrivis cette phrase, soigneusement glissée parmi d'autres plus anodines et dont il saurait saisir le sens, je le savais : « Le besoin de me dépasser est la forme même de mon amour pour toi », pourquoi ne répondit-il pas dans les mêmes termes – sinon parce que son désir de dépassement à lui, pourtant souvent exprimé, n'était nullement concentré dans son amour pour moi –, parce que je n'étais pas l'être entre tous qui lui permettait de donner forme à une telle aspiration et de la satisfaire ? Et certes, il n'était que trop évident qu'aucun effort, aucune tension n'étaient exigés de son amour, à chaque instant parfaitement assuré du mien.

Je m'efforçais donc de me représenter la femme qui aurait ce pouvoir fabuleux d'aimanter l'être entier de Julien, corps et âme réunis, c'est-à-dire d'atteindre et posséder ce qui toujours m'échappait. Et, immanquablement, je retombais dans le piège que je tentais d'éviter : la possessivité.

La jalousie

Écran, faire écran, telle est l'expression qui décrit le mieux l'un des mécanismes les plus étranges de la jalousie : un être s'interpose entre nous et l'objet aimé, reléguant celui-là au second plan. On s'est pris d'amour pour le vainqueur, moins rival que double abouti de nous-même, doté de ces qualités qui l'ont fait aimer et que nous ne possédons pas, ou à un degré moindre (puisqu'on le préfère à nous). J'en viens donc à m'exagérer l'importance de ce qui me manque, c'est-à-dire de ce que j'admire chez l'autre, et je cesse de m'aimer, faute de raisons pour ce faire : mon double victorieux existe à mes dépens, nourri de ma propre substance, il existe, alors que, vidée de moi-même à son profit, j'ai bel et bien cessé d'exister. Il est en quelque sorte devenu l'image lumineuse dont je ne suis plus que le négatif.

Comment pourrions-nous nous croire aimés quand nous sommes ainsi faits de zones obscures, invisibles presque, et pour tout dire privés d'existence ? Tout le travail consistera à s'efforcer de se « ravoir » : à s'efforcer de s'aimer, ou, au contraire, à s'abîmer davantage.

30. Chasteté

J'avais remarqué qu'après ces rencontres le plus fortement chargées d'émotion, au lieu que le succès stimulât son envie de me revoir, il favorisait au contraire le silence de Julien qui se prolongeait parfois pendant des jours. Comme si une telle dépense d'être l'avait délesté de son désir, lui permettant de se reprendre et de s'éloigner. Après m'avoir comblée, il se sentait libéré, absous, disponible pour d'autres vies qui l'attendaient.

Instruite par son exemple et convaincue de l'utilité d'une stratégie, je résolus d'espacer encore nos tête-à-tête dans la chambre blanche, ces moments de haute voltige dont l'un et l'autre nous attendions sans nous l'avouer qu'ils atteignent chaque fois la même réussite. Dorénavant, nous nous verrions en public. J'escomptais que ces entrevues, où le désir serait allumé sans pouvoir être satisfait, rechargeraient son amour tout en allégeant la pression continuelle d'une exigence parfois ressentie comme étouffante, je le savais maintenant – ne m'avait-il pas un jour demandé plus d'espace ? L'élément de danger – puisque, désirant ménager sa famille, il faisait en sorte que notre liaison ne s'ébruite pas – serait un stimulant supplémentaire, minime il est vrai dans une grande ville où les occasions d'être vus ensemble sont moins fréquentes. Mais je connaissais le goût que Julien avait du secret. Le mystère de ses vies parallèles, dont il ne livrait à chacun qu'un fragment, comme autant d'enveloppes autour du noyau central qu'elles protégeaient. « Nous sommes des clandestins, m'avait-il dit un jour non sans fierté, et nous en suivons la loi. » Cette clandestinité convenait à l'amour, cérémonie secrète célébrée au plus loin des affaires quotidiennes, et jamais ne m'était venue l'envie de la remettre en question. Mais voici que, sentant la nécessité d'« aérer » notre amour, j'allais le soumettre à l'épreuve d'un changement de contexte, autrement dit d'un contact avec le monde extérieur.

Lorsque Julien m'appela, une longue période, deux semaines peut-être, s'était écoulée depuis notre dernière rencontre, et l'impatience avait succédé à la ferveur. Je voulais mettre à profit l'élan nouveau que notre séparation donnait à notre amour. Je lui déclarai que cette fois je ne viendrais pas le rejoindre ; je préférais que nous nous rencontrions, pour déjeuner, ce qui nous changerait, à La Coupole. J'avais à dessein choisi ce lieu, peuplé quelle que fût l'heure de la journée, fréquenté, à cette époque, en particulier par des écrivains et des gens de l'édition et où l'on voyait souvent des têtes connues. Loin de manifester de l'étonnement ou du dépit, il acquiesça tout de suite à ma proposition. La promptitude avec laquelle il accueillit cette nouveauté me fit penser que, avec sa perspicacité habituelle, il avait perçu l'origine de ma suggestion ; peut-être mon initiative correspondait-elle en fait à une pensée qu'il avait eue lui-même et n'avait osé formuler ; peut-être aussi en fut-il soulagé.

D'ordinaire, je déteste ces salles immenses où l'on doit circuler parmi les tables, dévisagé au passage par les dîneurs qui s'ennuient, avant de retrouver l'ami qui, arrivé quelques minutes avant vous, aura eu tout le loisir de vous guetter de sa place confortable et d'observer vos vains efforts et votre air égaré. Je me préparai à ce déjeuner en introduisant quelques variantes à mes soins habituels : Julien aurait cette fois la possibilité de m'examiner de loin, perspective redoutable que jusqu'alors je n'avais pas eu à affronter. Je n'étais pas sûre que la distance, jointe à l'éclairage cru des plafonniers, n'allait pas me creuser le visage. Je craignais que l'âge et la fatigue n'apparaissent avec plus d'évidence. Je craignais que ces traces, dont j'étais très consciente, n'empêchent le contact de s'établir, que nous restions face à face sans nous retrouver... que ne craignais-je pas ? Ce fut un miracle si, malgré tant de craintes paralysantes, cette rencontre fut finalement un succès. Comme il arrive souvent, rien de ce que j'avais prévu ne se produisit. Par un phénomène étrange, ces marques que je redoutais sur ma figure, c'est sur celle de Julien que je les découvris, au moment où, pénétrant dans le restaurant et avertie sans doute par un sûr instinct, avant même qu'il m'ait aperçue, je le reconnus parmi la foule. Ce hasard détermina la suite de notre déjeuner, me laissant maîtresse du jeu. Je me dirigeai avec assurance vers la table, proche de l'entrée, où Julien m'attendait. Solitaire, adossé à la banquette où j'allais le rejoindre, il semblait fatigué, un peu tassé, comme amenuisé par l'espace et les silhouettes qui l'entouraient. À ma vue, son visage s'éclaira. Je m'assis à ses côtés, heureuse que sa pensée prévoyante ait choisi cette place : nos deux corps se touchaient presque, il n'en fallut pas plus pour que passe ce courant qui m'électrisait, m'isolant des autres, devenus aussi irréels, aussi insignifiants que les figures peintes d'un décor en carton-pâte. Nous étions seuls au monde parmi la foule, comme un soir après une promenade dans les jardins de Bagatelle encore imprégnés du parfum des roses, dans le métro qui nous ramenait de Neuilly vers Paris – vers la Concorde où nous nous étions séparés, seuls toujours sur le quai bondé des heures de pointe. Conscients à l'extrême de la tension entre nos deux corps, nous prenions garde de nous toucher et, cependant, mus par quelque loi qui leur était propre, ils ne cessaient de se rejoindre, de se heurter, de se chercher, toujours repoussés l'un vers l'autre par la banquette devenue élastique, ou soumis à un effet de pesanteur qui, pour chacun, n'affectait bizarrement qu'un côté, comme s'ils étaient affligés du même déséquilibre jouant dans les deux cas de façon inverse. Mais plus encore que ces contacts inopinés, un effleurement continuel, que ne pouvait suivre rien de plus précis, faisait monter la pression du désir. J'exploitais de mon mieux cette situation en exaspérant celui de Julien. De cette tension, de l'interdit qui l'accroissait, nous éprouvions comme une accélération de toutes nos facultés qui donnait à nos propos une sorte d'insouciance.

– Tes yeux sont étranges, ils semblent regarder au loin, et tu as souvent le regard un peu vague, et pourtant, rien ne t'échappe, tu remarques le moindre détail, je ne connais en fait personne qui ait ta précision de regard, elle me paraît parfois redoutable.

– Question de métier, me répondit-il, et d'exercice. C'est à force de regarder les toiles de maître. Mais pourquoi aurais-tu peur ?

Pourtant, à ce moment, je n'avais plus peur de rien, ni de son jugement ni de son regard, ayant regagné un étrange état de félicité, semblable à celui que dépeint Jérôme Bosch dans *Le Jardin des délices*, un tableau qui à l'époque où je voyais Julien me revenait souvent en mémoire – bulle irisée soustraite au monde, au temps, à la pensée, au doute.

C'est alors qu'il sortit de sa poche les petites lunettes finement cerclées d'une monture dorée qu'il mettait depuis quelque temps pour lire ; comme tous les objets qu'il portait, elles avaient été choisies avec un soin et un goût très sûrs. Et ces petits rectangles de verre entourés d'or, tout comme l'étoffe sombre et moelleuse de la veste posée près de lui, me semblaient dénoter un sens inné du raffinement et de l'élégance, de même nature que l'extrême précision de ses gestes quand il me touchait, ou que la forme un peu incurvée de son petit doigt qui donnait à sa main une allure ailée, autant de témoignages d'une sensibilité qui ne cessait de m'émouvoir par les aspects divers qu'elle empruntait. Cet objet nouveau devenait une partie inhérente de mon amour. Mais la pensée que je devais être folle, puisque je trouvais dans une paire de lunettes de quoi justifier mon admiration, ne m'effleura même pas tant l'amour, à ce moment, avait fait taire en moi toute faculté critique.

Il ne nous restait que très peu de temps, une fois le déjeuner terminé, avant de nous séparer. Si puissante était la contrainte du désir que ces quelques minutes il nous fallut pourtant les passer seuls, à provoquer l'instinct que nous avions résolu de brimer. Nous ne parlâmes guère durant le trajet en taxi ; chaque instant nous acheminait vers le moment attendu et notre attention n'était vacante pour rien d'autre. La course fut-elle longue ? Nous traversions les rues, les places et les avenues comme en un rêve, en proie à un sentiment d'irréalité qui, plus encore que d'habitude, nous retranchait du monde extérieur. Enfin, refermant derrière nous la porte de mon appartement, nous fûmes libres de nous accorder ce que l'instant d'avant nous nous étions refusés. Ses lèvres, la douceur de ses lèvres, la force et la précision de son étreinte, et le travail de ses mains sur mon corps, qui caressaient, s'arrêtaient, repartaient et glissaient, descendaient, appuyant devant, derrière, dessous et entre, doucement, fermement, avec insistance. Il n'était pas un centimètre de mon corps, lorsqu'il l'avait touché de ses doigts ou de sa langue, qui ne me donnât la sensation de la pénétration. Ainsi, étant investie en tous ces points, les plus sensibles, les plus gardés, les plus réceptifs dès lors que sa main les avait éveillés, je fus ouverte tout entière et prête à le recevoir. Nous étions maintenant allongés à demi – quelle succession de mouvements nous avait ainsi placés, je ne sais –, nous n'avions pas pris le temps d'ôter nos vêtements, ma jupe était simplement relevée et je percevais, s'exerçant contre l'obstacle de mon slip, une poussée insistante, impérieuse. L'enchaînement des gestes était inévitable. Comment, alors qu'il venait d'entrer en moi, parvint-il à se reprendre, à refuser la jouissance que tout en nous appelait ? Je ne l'y aidais pas, occupée encore à saisir avidement les marques de son amour. Mais soudain il fut debout devant moi ; comme pour apaiser ma déception, ou peut-être pour aviver encore la privation ressentie, il me montrait, dur et tendu, son sexe dénudé. « Regarde dans quel état je suis, moi aussi », me dit-il. C'est sur ces paroles que très vite nous nous quittâmes, en proie, tous deux, à la tension particulière que provoque la frustration de l'instinct. Mais à peine nous étions-nous quittés que cette déception refluait, une force nouvelle venait nous habiter (c'est au moins cette impression que Julien me décrivit par la suite), une gaieté inconnue, étrangère aux minutes qui suivent l'acte sexuel, nous portait à travers les menus événements d'une fin de journée légère. Julien m'aimait, il me désirait, j'en avais eu la preuve irréfutable : rien d'autre ne comptait et j'étais heureuse. Je résolus d'avoir recours à ces intermèdes d'abstinence chaque fois que le besoin se ferait sentir de revivifier notre amour et, comme s'il avait perçu mon calcul sans qu'il fût besoin d'explication, il se rangea d'emblée à mes suggestions, heureux d'une promenade autant que d'un tête-à-tête dans notre chambre blanche.

31. *Affirmation : l'amour comme valeur*

Les rendez-vous que nous nous fixâmes pendant cette période de chasteté durement préservée furent le plus souvent heureux, même s'ils n'atteignirent pas tous à ce degré de réussite. Je me souviens d'un bel après-midi, à la fin du printemps, où, pris d'une inspiration subite, Julien m'avait appelée à mon bureau : il avait envie d'aller au cinéma, pour voir une vieille comédie américaine, de celles qui mettent de bonne humeur et vous rendent optimistes, comme je les aimais, est-ce que je pouvais me dégager de mon travail et venir avec lui ? Je n'hésitai pas une seconde et sacrifiai joyeusement des tâches mornes, des scrupules raisonnables et une conscience jusqu'alors pointilleuse à la perspective de quelques heures en sa compagnie – un devoir autrement important que tout autre. Un peu plus tard, il m'attendait devant la porte, insoucieux pour une fois des rencontres possibles, et moi, m'abandonnant à l'euphorie qui m'avait gagnée en entendant sa voix, je le rejoignis, délivrée de tout souci, de toute pensée, de tout sentiment autre que la joie – la joie de le revoir alors que cette journée avait débuté comme les autres et que je n'en avais rien espéré. Ce bonheur inattendu, mêlé au plaisir, rarement connu enfant, de faire l'école buissonnière, de voler à une vie réglée et prévisible des instants de légèreté qui, à ce double titre, participaient réellement de l'esprit d'enfance, je me le rappelle comme un don particulier, une grâce qui nous fut accordée, un moment de repos au milieu des exigences de la passion – un instant de bonheur pur.

C'était le mois de juin, et sur l'esplanade des Invalides, les tilleuls étaient en fleur. La chaleur avait rendu leur parfum plus fort de sorte qu'en arrivant dans cet espace, si vaste qu'il faisait paraître le ciel plus bleu, plus clair, nous fûmes comme enveloppés d'un nuage suave et sucré, l'odeur dégagée par des milliers de fleurs de tilleul, aussi douce, aussi lourde et pénétrante que celle du jasmin par certains soirs d'été dans un village du Sud, quand les vieux, sur le pas de leur porte, chuchotent à la nuit tombée et que le promeneur s'arrête un instant et jouit de ce murmure auquel se mêle le parfum des fleurs. Cette odeur comme autrefois celle des roses dans les jardins de Bagatelle s'associa à notre journée dont elle approfondit l'enchantement. De manière miraculeuse, elle semblait nous avoir été donnée en surplus de tout le reste. Ou peut-être nous était-elle accordée à cause de lui, à cause de ce sentiment de la merveille – de la merveille unique que c'est d'être en vie et d'aimer, comme si le monde extérieur, reconnaissant notre amour, se plaisait à le célébrer et à se mettre en unisson avec lui. Et notre promenade, de la rue de Grenelle, en passant par l'esplanade en fleurs, puis à travers la Seine, sur le pont Alexandre-III, jusqu'aux Champs-Élysées, fut parfaite, glorieuse, éclatante comme le soleil ce jour-là. Légers, nous nous sentions légers... En dépit des efforts que nous faisions pour marcher droit, chaque pas nous soulevait du sol, nous projetant l'un contre l'autre, et les chevaux ailés du pont et les réverbères à trois branches, la coupole transparente du Grand Palais et les grands troncs des marronniers avec leur haut feuillage sombre, toutes ces formes s'élançaient dans le ciel pâle, étirées, dansantes, allègres comme notre démarche, tandis que nous croisaient des passants sans épaisseur ni consistance, simples figurants dans notre rêve éveillé. La vie. Être présent à la vie, intensément. Peut-être sa splendeur se tient-elle « prête à côté de chaque être », comme Kafka l'avait écrit dans son *Journal*, mais – j'avais lu ces lignes avec nostalgie – « voilée, enfouie dans les profondeurs, invisible, lointaine ». Je pensais ce jour-là que l'amour est bien cette magie qui nous dévoile l'autre monde – le monde au-dedans du monde, celui qui en permanence se tient prêt à nos côtés, mais que d'ordinaire nous ne savons pas voir.

32. L'autre est mon savoir

Pendant toute cette période, je vis peu Julien mais ne connus guère l'angoisse de la séparation. Nous étions présents l'un à l'autre ; où qu'il fût, où que je fusse, nous ne nous quittions pas. L'énergie amoureuse préservée par notre chasteté maintenait en nous l'état de tension propre à l'amour. J'avais cessé d'être seule et de souffrir, l'absence n'interrompait pas le sentiment de cette relation continue. Julien était en moi, non tel que je le voyais parfois, avec ses qualités et ses défauts et ces traits qui me charmaient ou me causaient de la douleur, non dans sa personnalité extérieure qui ne cessait de changer, revêtant mille formes différentes selon que l'un ou l'autre des personnages multiples qui la composaient se révélait ou rentrait dans l'ombre, mais dans son être essentiel, tel que mon amour le percevait, au-delà de la diversité des manifestations. Lorsque j'avais quitté Julien, il m'était permis de le retrouver. Alors je n'étais plus absorbée par l'effet trop fort de sa présence (comme on commence, après quelques heures, à apprécier la qualité d'un parfum que sa force vous empêchait tout d'abord de sentir). À partir des fragments successifs qui avaient ce jour-là défilé à mes yeux, j'assemblais et peu à peu recomposais ce qu'il était vraiment, le reconquérant sur la diversité et le changement. Ayant, grâce à l'absence, retrouvé l'être que j'aimais, j'avais également retrouvé la totalité de sa présence et l'unité intérieure que m'avait ôtée la suite des instants passés près de lui.

Déjà je m'étais émerveillée que l'amour sache déceler à travers les apparences et les transformations de la personnalité cette vérité plus dissimulée, souvent invisible même à l'œil le plus exercé, qui est comme le noyau de l'être et sa réalité la plus profonde – mais il est vrai que de cette réalité, un individu peut être coupé si totalement que lui-même ne la connaît plus. Aux yeux de l'amour, cependant, elle irradiait. Il m'était arrivé, auprès de Julien, d'en avoir une connaissance éblouie. C'est alors que je « voyais clair », non dans les heures de ressentiment où m'apparaissait tel trait de caractère que j'incriminais, c'est alors que j'avais raison.

En y repensant dans la distance, je m'aperçois que je vécus cette passion sur un double plan. L'un correspondait à une forme de religion et me portait au plus haut point d'exigence envers moi-même, l'autre suivait la pente de ma nature qui réagissait aux incidents ordinaires de façon ordinaire ; jalousie, frustration, possessivité, douleur de l'absence qui constituent le lot commun, je les vécus, évidemment : en dépit de mes efforts répétés pour m'en défendre, en dépit de la culpabilité que j'éprouvais à les ressentir, ces sentiments continuaient de m'habiter (« Comme jaloux, je souffre quatre fois : parce que je suis jaloux, parce que je me reproche de l'être, parce que je crains que ma jalousie ne blesse l'autre, parce que je me laisse assujettir à une banalité », disait Barthes).

Je vois aujourd'hui qu'un tel état de division intérieure était inévitable ; cependant je connaissais des moments de grâce qui éclipsaient de loin les autres, où, comme soustraite aux lois de la gravité par la violence de la passion, je me sentais planer et de plusieurs jours ne redescendais plus de ces altitudes. C'est dans cet état que j'avais choisi de me montrer à Julien, parce que tel devait être l'amour et que je voulais en être digne. J'avais donc réprimé sévèrement toute parole, tout reproche, toute insinuation qui auraient pu lui laisser deviner mon agitation, quitte à recourir à la fuite ou à l'éloignement quand j'étais à bout de forces, malheureuse et perdue, afin de me rassembler, de retrouver cette clarté sans laquelle je ne pouvais vivre. Et Julien était fier de nous, fier de la constance et de la profondeur du sentiment qu'il m'avait inspiré, fier d'avoir su concilier une liberté qui lui convenait et une passion dont il ne pouvait douter. « Aimé, je suis aimé, m'avait-il dit un jour. J'ai la certitude d'être aimé. » Cette certitude, il aurait voulu me convaincre de la partager en ce qui concernait ses propres sentiments, il m'aimait, c'était une donnée, et même s'il devait ne jamais me revoir, m'assurait-il, il m'aimerait encore dans dix ans, dans vingt ans, il m'aimerait toujours. Les mots de jamais et de toujours, pourtant si absolus, ne me tranquillisaient pas, car sa sérénité, l'absence de l'inquiétude qui sous-tendait mon amour, prouvait suffisamment combien nos attachements étaient différents et seule, peut-être, une totale ressemblance m'eût apaisée – mais alors, j'aurais moins aimé Julien.

Cet amour, si inégalement réparti, portait donc en lui-même les germes d'un échec, si l'on entend par échec la fin inévitable. Mais, je l'ai dit, tel n'était pas mon point de vue : il m'importait d'aimer Julien, de l'aimer si totalement que je ne puisse aimer plus, et qu'il fût comblé par ce sentiment. Il m'importait d'aimer et, en aimant, d'aller jusqu'au bout de moi-même, d'entrevoir une limite, d'aller plus loin encore, et ainsi, descendant toujours plus avant dans les couches profondes de l'être, de parvenir à une connaissance qui ne peut être atteinte par les seules voies de l'intelligence. Il m'importait d'avoir vécu selon ma pleine mesure, sans m'épargner, sans me réserver, sans avoir peur. Il m'importait surtout de pouvoir un jour nommer mon besoin d'absolu.

L'amour comme la souffrance me firent progresser vers ce but; c'est pourquoi l'amour fut la réussite de ma vie, même si rien de ce que je ressentis ne transparut au regard du monde et seulement une infime partie à celui de l'être aimé. Que Julien n'ait pas eu le même sens d'une révélation en aimant fait de lui le moins riche de nous deux : je ne lui enviais donc pas le confort d'aimer moins puisque les dons que je reçus furent en proportion de ce que j'éprouvais.

Poussant un peu plus loin ce raisonnement, on s'apercevra que, parvenu à un certain degré, l'amour se nourrit de l'amour et ne dépend plus de l'objet aimé. J'éprouvai une sorte de triomphe le jour où je crus constater que le mien se suffisait à lui-même. Il est vrai que je ne cherchais pas seulement l'intensité des sensations, mais une voie spirituelle, une issue dont l'acte sexuel m'avait montré le moyen. Et puis de brusques retombées m'éclairaient sur la valeur de mon exaltation.

Quand, passant de cette impression de liberté à l'image de l'individu sur lequel elle reposait, je m'interrogeais sur les causes de cette passion, j'éprouvais de la surprise et ne parvenais plus à relier les deux termes : rien dans la personne de Julien, dont les proportions semblaient s'être soudain réduites au point de se confondre avec celles du commun des mortels, ne me semblait suffire à justifier un sentiment qui, prenant appui sur lui, était plus vaste que lui, je le sentais. Question de point de vue. C'est contre mon froid jugement qu'il me fallait alors lutter pour lui faire regagner la position où mon amour l'avait placé, et je pensais que les religieuses, dans leur couvent, qui jamais ne voient Dieu, ont sans doute moins de peine à aimer. Les esprits réalistes objecteront que je cultivais volontairement l'illusion; mais j'ai déjà suggéré à quel point le réalisme me paraît borné dans ses vues, donc pauvre et insuffisant. La vision de l'amour est plus exacte et plus profonde dans sa générosité et son parti pris de sublime (comme est plus profond que la raison l'élan qui nous pousse à nous dépenser). Dédaignant, dans une nature multiple et toujours changeante, ces traits qui ne sont pas aimables et qu'elle aperçoit pourtant distinctement, elle en sépare ceux qui, dignes d'amour, nous rappellent, si l'on en croit la religion, que l'homme fut créé à l'image de Dieu, et ainsi, en isolant ce qui en lui est d'essence divine, en le soustrayant dès ce monde à la division et au mélange, elle rétablit l'être aimé dans sa perspective d'origine.

L'amour sans fin

« *Elle m'a pris mon cœur, elle m'a pris moi-même, elle m'a pris le monde, puis elle s'est elle-même dérobée à moi, ne me laissant que mon désir et mon cœur assoiffé.* »

Mais justement Bernart de Ventadour qui se plaint, comme il est d'usage chez les troubadours, de l'amour perpétuellement insatisfait, ne voudrait aucunement qu'on guérisse son désir, parce que l'amour sans fin, « le délire qui prévaut » est bien la joie qu'il aime : ce désir qui ne retombe plus, que rien ne peut plus satisfaire, qui ne veut embrasser que le Tout.

Dans la perspective de l'éros, Désir total, extrême exigence d'unité, l'autre – loin d'être aimé tel qu'il est dans la réalité de sa détresse et de son espérance – devient un prétexte à s'exalter, le moyen de la dissolution du moi en Dieu.

33. Aimer et être amoureux

Si je considère à quel point je voyais peu Julien à cette époque, il me faut conclure que j'avais atteint ce stade où l'amour parvient à se passer de la présence de l'autre. Alors, j'étais heureuse. L'élan de ce bonheur réveilla mon goût de l'héroïsme : la volonté d'exiger de moi davantage, c'est-à-dire de ne rien attendre de l'amour, de n'en rien demander, de consentir à son entière liberté.

J'allais puiser la compagnie et le soutien qui me manquaient dans certaines lectures mystiques. Ainsi appris-je que l'amour malheureux était, dans ce contexte, le prototype de tout amour, puisque, dans son acceptation adorante de son malheur même, il permettait d'atteindre à la « totale gratuité du décentrement amoureux ».

– Aimer quelqu'un parce qu'il me rend heureux
– puis aimer sans faire attention au bonheur
– puis aimer qui me rend malheureux.
– L'amour de Dieu est un amour malheureux.

La Gradation de Kierkegaard, qui retraçait les étapes que j'avais connues, ne laissa pas de m'éclairer : elle fournit à mes tâtonnements et à mon malheur toujours prêt à renaître ses lettres de noblesse. Elle me communiqua aussi une impulsion nouvelle que le calme relatif auquel j'étais parvenue allait me permettre d'exploiter.

Pourquoi en effet avais-je ressenti la nécessité de libérer mon amour, si ce n'est parce que la présence de Julien s'avérait si souvent impuissante à l'apaiser ? Et combien d'heures de peine avait-il fallu endurer pour qu'enfin j'apprenne à aimer mieux, sans plus rien retenir ni exiger, dans un grand abandon de moi-même où seule m'habitait la présence mystique de l'aimé ?

L'amour pur, cet amour désintéressé qui aime sans rien demander en échange, qui fait taire toute espérance de réciprocité et triomphe des exigences du moi était bien l'idéal que je désirais atteindre, l'état de pureté auquel dorénavant j'aspirais. Julien m'avait convaincue qu'aimer vraiment un être implique qu'on l'aime dans sa liberté, dans des états de lui-même qui vous échappent, et non pour assouvir ses propres besoins (et pourtant, en exigeant de moi que je respecte une liberté qui me faisait tant de mal, n'étaient-ce pas ses propres besoins qu'il satisfaisait ?). Insensiblement, parce que Julien me rendait malheureuse, il m'avait préparée à entrer dans cette voie de la négation de soi, éveillant une tentation qui sommeillait depuis longtemps et à laquelle j'allais bientôt entièrement me livrer. Et peut-être une telle négation m'apparut-elle comme une étape vers certain détachement qui, en soi, me semblait désirable, l'attitude contraire, plus fréquente – à savoir la rapacité, le besoin de possession – m'ayant toujours fait horreur.

Qu'un tel amour fût fondé sur la douleur ne m'étonnait pas – et peut-être même était-ce la douleur qui m'en avait inspiré le désir –, car comment peut-on cesser de s'aimer, comment parvient-on à se séparer de soi, sinon dans un arrachement de tout l'être ? J'étais consciente de la perversité que pouvait impliquer une telle démarche, mais pourvu que mon idéal restât clairement défini, qu'il fût sans cesse présent à mes yeux, j'espérais ne pas m'arrêter en chemin, faisant de la souffrance mon plaisir et mon but. On verra que je n'y réussis pas toujours, que plus d'une fois je me laissais enliser dans la sensation ou captiver par des découvertes d'un tout autre ordre que celui de l'amour pur, puisqu'elles se rapportaient à la simple psychologie.

Un jour enfin, après une rencontre où, moins encore que d'habitude, il ne s'était soucié de me cacher sa distraction, je pus lui écrire une lettre où j'affirmais avec la plus grande sincérité avoir assez d'amour en moi pour l'aimer aussi dans son amour pour d'autres : son désir errant, jamais en repos, était une partie intégrante de sa personne, il était lié à la pression de la vie en lui, à cette angoisse pour laquelle dès le premier instant il m'avait attirée. Il était indissociable de sa personne. Un jour enfin je pus lui écrire ces mots qui étaient nés de ma douleur : « Je t'ai aimé jusqu'à me séparer de moi – aimant ta vie en toi, sans plus chercher à m'y inclure. »

Il se déclara, je m'en souviens, « ému » par cette lettre.

De tels élans, je l'ai dit, étaient suivis de retombées.

À ma liberté, qui était absorption en lui, succédait bien vite un regain d'ardeur : Julien voulait me revoir. M'avaient regagnée la douceur de sa voix, la certitude de sa présence et son pouvoir de changer le monde. J'avais besoin de lui, humblement besoin de ses gestes et de son corps ; loin de m'arracher à la terre, mon amour m'y enracinait ; ma fragilité et ma dépendance m'étaient rappelées.

Ainsi m'apparut la précarité de mes conquêtes spirituelles. Illusion que le désintéressement, illusion que l'amour pur, pensais-je dans mes moments de découragement, puisqu'il fallait toujours en revenir à un besoin que rien ne satisfaisait, pas même la présence, pas même, étais-je tentée d'ajouter, l'amour dont Julien m'assurait. Pourtant, je n'ignorais pas que ces rechutes étaient inévitables, puisqu'aux grands efforts de l'esprit, « l'âme touche mais ne se tient pas ». L'essentiel n'était-il pas de ne jamais renoncer, de renouer sans cesse avec la vérité entrevue ?

Mais à cette époque j'étais encore bien loin de souhaiter véritablement guérir d'une faim qui était le ressort de ma vie la plus profonde. Et, en attendant un progrès que je désirais moins pour l'élévation spirituelle que comme moyen de prolonger une passion exigeante, je renforçais en fait, par ces alternances, par ces avancées et ces replis, par ces élans vers l'amour pur et ces retours de l'instinct possessif, la précieuse, l'éphémère tension du désir.

34. Attente

Vint l'époque de la pleine floraison des roses dans le jardin de Bagatelle. Voilà plus d'un an que, par un après-midi idéal, nous nous étions tous deux promenés dans ce jardin, admirant les fleurs sans les voir, semblables aux amants tendres et ridicules des gravures romantiques, totalement éloignés, en cette période des débuts, de toute conscience de soi ironique.

Assis sur un banc, à l'écart des passants, Julien m'avait gravement assuré qu'il était possible d'aimer dans la sérénité. À ces moments dans la roseraie, à la paix qu'ils contenaient, j'avais voulu croire – parce qu'avec lui j'étais capable de tout entreprendre et que je souhaitais ne jamais le décevoir; avec lui, tout me semblait possible, même ce qui par définition ne l'était pas. Aujourd'hui, mesurant le chemin parcouru, je pensais, que, malgré mes rechutes fréquentes, j'avais entrevu cette sérénité et que si j'étais par nature inapte à m'y tenir, tout au moins pouvais-je comprendre de quoi elle était faite. Il me restait cependant à affronter bien des découvertes, Julien allait s'employer à me le prouver.

Quinze jours sans le voir ni l'entendre, interrompus seulement par un bref coup de téléphone que je lui donnai à Washington (comme d'habitude, il avait eu soin de me remettre le nom des hôtels où il logerait, avec leurs numéros de téléphone) et où sa voix, déformée par la distance et peut-être la surprise, car de toute évidence il ne s'attendait pas à cet appel, me donna l'impression qu'il était dans un autre monde, très loin du mien, très loin de moi, pleinement occupé, requis par une vie nouvelle où je ne figurais pas.

« Laisse-moi prendre mon agenda », m'avait-il dit, comme il proposait de fixer le jour et l'heure où nous nous reverrions, et puis, plein de gaieté, me sembla-t-il : « tout de même, on n'a pas idée, une jolie femme vous téléphone pour prendre rendez-vous et on lui demande d'attendre, on a besoin d'un agenda ». Ce ton badin, si éloigné du recueillement dans lequel je l'appelais, comme si, se trompant de personne, il s'était en même temps trompé de réplique... Ou bien, par esprit de jeu, se sentant à mille lieues de mon sérieux, il avait glissé dans notre conversation pourtant brève cette note légère qui me confondait avec la foule des jolies femmes, ses interlocutrices, avec lesquelles il aimait à entretenir des rapports enjoués, faits d'attaques et d'esquives.

Mon erreur fut bien sûr de chercher à le joindre, car cet événement, rare, tant je craignais en l'appelant souvent de le lasser, préparé et attendu pendant des jours (j'allais entendre *sa* voix), l'émotion que provoquait immanquablement ce petit miracle, enfin la retombée qui devait suivre, et le désarroi, puisque l'entendant, je ne l'avais pas retrouvé, tout cela détruisit – j'avais pris ce risque – mon état d'heureuse certitude. Le doute s'insinuait dès que je confrontais mon amour au sien, mesurant la distance qui les séparait.

Je recommençai à me poser des questions qui n'en étaient pas, puisque les réponses ne changeaient en rien ma dépendance. « Peut-on jusqu'à l'absurde continuer à aimer selon la loi de sa propre intensité, sans tenir compte de l'évolution des sentiments de l'être aimé qui, lui, se déplace avec aisance entre l'oubli et de brefs retours, en aimant sur un mode tendre qui n'entrave en rien le déroulement habituel de sa vie, mais sert plutôt, comme un fond musical dont on est conscient sans vraiment y prêter attention, d'accompagnement agréable à ses activités, amoureuses ou autres ? » Ainsi, l'ironie dans l'écriture me donnait parfois la distance voulue pour me représenter l'absurdité d'une entreprise consistant à rapprocher deux êtres dont l'un était voué à l'approfondissement, et l'autre à la dispersion, voire à la fuite. Mais je n'étais pas plus capable de maîtriser les forces déclenchées qu'on ne peut arrêter une pluie diluvienne ou une éruption volcanique. Mes lectures des auteurs romantiques me revenaient fort à propos en mémoire, me fournissant des points de comparaison valorisants et donnant quelque intérêt aux remous qui m'agitaient : en amour, comme chacun sait, on ne peut que se laisser dominer, ballotter, emporter par le courant, profitant parfois du tourbillon pour accéder, comme Julien me l'avait dit un jour, à « des régions inconnues », très loin des territoires familiers, et c'est peut-être là, d'ailleurs, ce qui nous retient et nous intéresse le plus dans le chagrin d'aimer.

 Pendant toute la période qui suivit son retour des États-Unis, nos rencontres furent assez régulières. Malgré sa gentillesse pleine de prévenance, je le sentais « ailleurs ». Il semblait, quand j'étais auprès de lui, qu'une vitre, opaque de son côté, transparente du mien, nous séparât, l'empêchant de me voir ; ce n'étaient plus ces absences fugitives que j'avais surprises dans son regard et qui me troublaient tant, mais comme une fatigue, une pesanteur, un ralentissement de la vie dont la cause m'échappait, une atténuation du rayonnement de l'amour, et cette éclipse de ma lumière, j'y assistais impuissante. J'étais trop habituée aux changements d'humeur et de rythme de Julien pour croire que celui-ci, si prononcé, si inquiétant fût-il, serait définitif, et pourtant, dans l'espace désolé où m'avait laissée son absence, il ne restait rien à quoi m'accrocher, ni douceur ni tendresse. C'est alors que la souffrance s'installa sans plus me laisser de répit. Peut-être serait-il plus exact de dire que je m'installai en elle : me venant de lui, elle était, faute de la joie, un lien tout-puissant, le signe incontestable de son pouvoir sur moi, elle était le lieu où je le retrouvais, où mesurer à chaque instant la force intacte de mon amour, et je ne la refusais pas. Terne, pesante, monotone, cette souffrance m'appartenait et je l'aimais.

Ne valait-elle pas mieux que l'état antérieur, celui où j'étais avant de l'aimer, fait de stagnation et de mort ? N'était-elle pas encore la vie, par opposition à ce vide – à cette mort ? Je ne craignais rien tant que de perdre l'impulsion des forces nouvellement libérées en moi par l'amour, qu'elles ne s'épuisent avant de m'avoir portée vers d'autres découvertes. Autant que d'aimer Julien m'importait de maintenir l'élan vital conféré par la passion, cet élan qui, m'arrachant à l'habitude, substituant à « quelque chose d'anodin qui ne procure pas de délices » la force retrouvée de la sensation, m'avait permis de *voir* à nouveau, et d'*éprouver*.

« Si je t'avais moins aimé, je me serais contentée de te fuir, refusant cette souffrance presque permanente qui est maintenant liée à mon obsession de toi », écrivais-je alors non sans une certaine malhonnêteté, car quel était le moyen de fuir ? (lettre au reste non envoyée). « À moins, ajoutais-je plus lucidement, que je n'aime cette souffrance et ne t'aime en elle. À moins qu'elle ne soit mon véritable but et que je ne me serve d'elle et de toi. » Il m'est arrivé, avouons-le, de préférer la souffrance à l'amour pour l'état de vie et de voyance qu'elle me procurait. Et je songeais qu'avant d'accuser à la légère autrui de masochisme, on ferait bien de penser aux gains immenses qu'on retire de sa douleur quand elle est dirigée et bien comprise.

35. Souffrir

À cette époque, cherchant probablement un secours spirituel, je rendis visite à l'un des êtres que j'aimais et admirais le plus au monde. C'était l'un des professeurs que j'avais eus à l'université, un vieil homme maintenant, privé de l'activité qui autrefois lui avait valu honneurs et prestige – car, en son domaine, c'était l'un des esprits les plus originaux de sa génération – et donc plus libre de m'accorder un temps dont il avait été parcimonieux ; si bien que nos liens, au lieu de se détendre, s'étaient resserrés. Pendant des années, il avait veillé sur mon travail et ma pensée, cherchant moins à m'influencer qu'à me faire connaître mes ressources profondes. Je revenais à lui, à son intelligence et à sa rectitude, comme à un pôle fixe au milieu d'un paysage mouvant et sans consistance, car il avait une faculté que j'appréciais entre toutes et qui me paraissait des plus rare : celle de penser – non ce qu'on vous donne à penser, mais ce que l'on découvre solitairement, face à soi-même, en s'inspirant de son expérience propre, indépendamment des influences soufflées par l'air du temps, qu'on les adopte, s'en serve ou les combatte, loin des préjugés, a priori et autres mouvements viscéraux dont la justification par quelque raisonnement spécieux cause des frissons si délicieux à celui qui les entretient ainsi en toute bonne conscience. J'avais confiance en son jugement, sachant qu'il ne lui serait jamais dicté par l'envie, par la défense de soi et de ses intérêts, ou par quelque ressentiment souterrain. Et jamais je n'étais allée le voir, au cours de vingt ans d'amitié, sans qu'il me donne, par une prescience ou une divination vraiment étonnantes, précisément l'appui dont j'avais besoin.

Il en fut cette fois comme des précédentes. Avait-il deviné que je traversais en ce moment une période de bouleversements? Je ne lui en dis rien (à vrai dire, je n'en dis jamais rien à personne). Mais, dans la conversation, le sujet vint, comme il se doit, sur l'amour, la souffrance et les bienfaits qu'on peut en retirer : tôt ou tard on trahit ce qui vous occupe l'esprit à l'exclusion du reste.

« On devrait remercier les êtres qui vous font souffrir, me dit-il et, avec une pointe d'interrogation dans la voix : j'espère qu'on vous fait beaucoup souffrir ? » Question où je ne vis ni sadisme ni ironie, mais simplement de la sympathie, de la curiosité aussi... Je lui répondis, oui, beaucoup, je dois être douée pour ça. Mais la souffrance, malgré ce que des siècles de christianisme ont voulu nous faire croire, n'est pas bonne en soi; sans doute peut-on l'utiliser, mais aussi en être écrasé, on peut être détruit par elle, ajoutais-je en pensant à ces derniers jours et à mes heures les plus sombres.

« C'est à vous, me répondit-il, à vous d'en faire quelque chose une fois qu'on vous l'a donnée. Cela dépend de vous. Il y a une vision de soi qu'on paie de sa douleur, un moment de révélation. »

Entre deux modes d'appréhension du réel – l'habitude et la souffrance –, j'avais, bon gré mal gré, préféré le second ; et il me permettait de comprendre et d'avancer là où auparavant je n'avais ressenti que l'insupportable pesanteur de l'immobilité. De cette progression j'étais heureuse.

Ces dispositions somme toute positives et la relative sérénité que j'en tirais allaient bientôt être mises à rude épreuve.

36. Agression

Nous nous retrouvions toujours dans la chambre blanche où Julien m'avait amenée la première fois, dans ce quartier de Paris un peu surélevé, mystérieux et tranquille, battu comme une île par le flot incessant de la circulation qui se brise devant les petits bastions aux portes closes groupés au pied de la colline, anciens hôtels particuliers auprès desquels le XXe siècle a bâti ses gares et ses grands magasins.

J'avais récemment loué un nouvel appartement, un peu plus grand que le précédent, où je devais emménager les jours suivants. Je désirais le montrer à Julien alors qu'il était encore vide. J'avais imaginé ses réactions, rêvé de la manière dont, tout d'abord, il pénétrerait dans cet immeuble où les courettes intérieures s'enchaînaient joliment, puis grimperait l'escalier de bois ancien et vernissé et franchirait, tout en haut, la petite porte d'entrée pour prendre possession de ces quelques pièces nues, sans atmosphère et libres d'influence, comme d'une feuille vierge où il tracerait le premier signe dont dépendaient tous les autres. Je ne ferais qu'ajouter quelques objets m'appartenant, mais toujours l'espace porterait l'empreinte de ces premiers instants où Julien l'occuperait.

Mais le jour où il vint, pas plus que les précédents, je ne retrouvai ce courant de haute tension qui d'habitude nous reliait. Que se passait-il dans sa vie à cette période ? L'une des innombrables suppositions auxquelles j'avais pour mauvaise habitude de me livrer était-elle juste ? Son besoin sans fin d'aventures avait-il trouvé un moyen nouveau de se satisfaire ? Je ne le sus jamais. Il est probable qu'il était pleinement occupé par quelque nouvelle conquête dont l'amour, moins accaparant peut-être (mais qui sait ?), le changeait agréablement d'un paysage maintenant trop connu et dont les aspérités avaient fini par user sa patience. Julien était parfaitement capable de mener plusieurs amours de front, donnant à chacune tour à tour la part d'attention puis de silence voulue pour entretenir la tension amoureuse, trouvant en l'une de quoi exciter son regret et son désir de l'autre, et en l'autre des forces neuves pour retrouver la première. Il était tout à la découverte d'un être nouveau.

L'événement tant attendu était arrivé. Peut-être l'avais-je trop longuement anticipé, trop ardemment désiré : je fus comme privée de réaction. En outre, Julien était distrait, pressé, préoccupé, me semblait-il, et sentir une telle disposition, fût-elle exagérée par mes craintes, m'ôtait toute possibilité de me ressaisir et de le rejoindre.

Nous avions maintenant pénétré dans l'appartement vide. Il se tenait debout devant la fenêtre et ne disait pas un mot. Il avait ponctué un rapide tour des lieux de quelques propos banals. En l'espace d'une minute, tout avait été examiné : ne restait que le vide. Près de moi, Julien était absent, visiblement indifférent, ennuyé peut-être par la situation, suffisamment agacé pour n'utiliser aucune des mille ressources qui d'ordinaire le tiraient des moments difficiles.

Je le regardais, les minutes passaient, chacune m'enfermait davantage dans mon angoisse, rien ne se produisait, rien ne se présentait, aucun signe, aucun détail qui, me servant de point d'appui, m'eût permis de regagner l'univers extérieur. Je voyais Julien, c'étaient son corps, ses mains, et la bouche un peu lourde que j'aimais, c'étaient sa voix et son sourire, je le voyais, mais comme celui qui se noie voit une silhouette restée sur le rivage, dernier vestige d'un monde auquel il n'appartient déjà plus, et je n'éprouvais qu'une sensation de solitude, d'étrangeté et de distance irrémédiable. La nouveauté des lieux, la bizarrerie de la situation – nous nous faisions face dans un espace étranger et désert – ajoutaient encore à ce cauchemar, bien plus inquiétant que ces rêves pourtant terribles où j'errais indéfiniment à la recherche d'un être perdu dont me demeurait le regret lancinant plus que le souvenir. Aujourd'hui encore, j'éprouve en y repensant un peu de la détresse que je ressentis alors. Quel enfer peut être pire que celui-là : avoir devant soi l'être qu'on aime le plus au monde et s'en trouver séparé par un obstacle invisible et infranchissable ? De celui qui est absent on peut rêver, et de celui qui est mort, se souvenir, mais que reste-t-il, quel espoir, quel recours, lorsque la présence même est impuissante à combattre la perte ? Julien était devant moi et je l'avais perdu.

Il avait dû s'apercevoir de mon malaise, ou peut-être le lui avais-je communiqué, car il fit à ce moment un geste qui m'apparut par la suite comme une tentative sans espoir. Tentative vers quel but ? Certes pas celui de nous rapprocher.

Peut-être, comme ceux qui, face à l'échec, au lieu de sauver la situation, achèvent à plaisir de la détériorer, Julien ressentit-il le besoin de mener à son terme cette expérience si douloureuse, de la pousser plus loin encore et de détruire dans une sorte de rage ce que nous avions le mieux aimé. Peut-être encore éprouvat-il le désir pervers d'abîmer ce pour quoi nous avions l'un et l'autre un si grand respect, l'amour auquel nous n'avions pas failli, ou, plus simplement, celui d'en finir, de changer d'humeur et de rythme. Telles sont les explications que je choisis, de préférence à une autre plus pénible encore, et tellement plus banale, selon laquelle, se trompant de rôle et de personne, comme à Washington il s'était trompé de réplique, il m'avait prise pour partenaire dans l'une de ces scènes expéditives et simplettes dont les romans contemporains ont le secret et que je le soupçonnais d'interpréter de temps à autre avec plaisir et brio en compagnie d'amies de passage. Une scène rapide et brutale dans laquelle le désir, toujours furieux, est censé se libérer. Mais rien, dans notre cas, ne correspondait à ce schéma stéréotypé, et Julien ne rechercha pas ma complicité.

De façon mécanique, comme on exécute une tâche dont on a l'habitude, avec une indifférence un peu lasse, il me fit allonger sans ménagement sur le sol et repoussa mes vêtements. Puis il s'enfonça en moi.

Aucun rituel ne présida à cette violence-là, ni émotion ni ferveur, aucun désir ne la suscita, aucune jouissance ne la suivit ; de bout en bout, elle fut triste et sans nécessité, et je la subis comme on reçoit un coup – non le coup me donnant la mort dont j'avais plus d'une fois rêvé, le point culminant de la vie, mais sa négation. Cette agression me parut aussi vide, aussi rudimentaire et dépourvue de sens que celle, mille fois répétée et toujours semblable, de l'accouplement quand il est privé de ses rituels, et cependant, parce que je la comparais aux autres fois, elle me parut également dégradante. Dans le silence qui se prolongeait après l'acte, nous nous sommes relevés sans nous regarder, si loin l'un de l'autre dans un monde étranger. Me quitta-t-il avec le sentiment du devoir accompli ?

37. Issues

Le sentiment de profanation qui allait me hanter les semaines suivantes ne me vint pas alors, ni la pleine conscience du mal commis et subi, mais une sorte de stupeur, d'accablement contre lequel j'allais tenter de lutter.

Si je ne suis pas particulièrement fière de la solution que je choisis, je n'en ai pas non plus de regret : elle correspondit à un défi, à un sursaut de ma vitalité, à l'affirmation d'un moi trop longtemps nié. Ce fut une revanche sur les heures nombreuses où je m'étais volontairement effacée, je le compris après coup. Au moment même, il me sembla que je voulais descendre plus bas encore et achever de détruire ce qu'il avait commencé de dégrader.

Parmi les hommes que je croisais occasionnellement à cette époque, il en était un dont le regard – de ces regards qui tiennent des conversations secrètes – et les propos – qui revenaient invariablement sur l'érotisme – me donnaient à penser qu'il accueillerait bien la démarche que je projetais. Je le connaissais peu, il ne m'attirait pas, mais cette indifférence convenait à ma résolution. Le jour même de cette scène, je lui téléphonai. Quelques heures plus tard, je frappais à sa porte. Habitué sans doute à ce genre d'aventures, il avait accueilli sans surprise ma proposition de le voir. Sans se perdre en d'inutiles discours, il m'entraîna vers le lit, un divan bas, je m'en souviens, couvert d'une étoffe rêche et chamarrée. Le frottement de ce tissu rugueux contre ma peau est la seule sensation qui me soit restée de cet épisode, si insignifiant par ailleurs. Non que mon hôte se soit révélé incompétent ; fort heureusement, il était de ces hommes qui prennent l'initiative et trouvent dans la semi-passivité de leur partenaire une source d'excitation supplémentaire ; expert en techniques amoureuses, il remplit à merveille le rôle qui lui était assigné. Mon plaisir fut bref et j'en étais absente. Je ne désirais qu'une chose : effacer la scène qui avait précédé ; c'est pourquoi, dans les jours et les semaines qui suivirent, je multipliais ces rencontres, m'adressant à des hommes différents – des hommes avec lesquels j'avais entretenu des rapports distants ou amicaux et que je faisais venir dans mon nouvel appartement maintenant pourvu du nécessaire. Je les voyais une fois, deux peut-être, puis, constatant l'inutilité de nos efforts, j'interrompais ces rendez-vous. À chacun j'annonçais d'emblée l'existence des autres et mon indifférence. Certains en étaient troublés, d'autres ressentaient de la curiosité et l'envie de me séduire. Je ne décrirai pas le jour où j'allai retrouver chez lui, dans un quartier éloigné du mien où je m'étais perdue et j'avais erré indéfiniment, un homme dont une amie m'avait vanté les talents amoureux. J'avais eu envie de le connaître. En ce moment, m'avait dit mon amie, il était malheureux, cherchant à oublier une femme qui le faisait souffrir, peut-être cette commune situation permettrait-elle un rapprochement. À ma demande, elle nous avait ménagé une entrevue.

Je l'avais donc retrouvé dans son appartement. Il portait mal son grand corps fatigué ; rien, dans son apparence ni son expression, n'annonçait le goût de l'amour que mon amie avait décrit en termes lyriques. Nous sommes restés face à face, dénués de tout désir, aussi embarrassés l'un que l'autre, à parler sans conviction de choses diverses; j'ai observé son air de fatigue, sa bouche qui me semblait veule et, dans l'échancrure de sa chemise, la peau relâchée et grenue de son cou, et je me suis interrogée sur les mystères du sexe qui voulaient qu'une femme puisse faire ses délices de ce qui me paraissait à moi si peu tentant; une tristesse accablante me gagnait si bien que je ne trouvai que difficilement l'énergie voulue pour me lever et repartir.

Parmi les hommes que je côtoyais à cette époque et que, avec une audace nouvelle, je décidais d'utiliser, il en était un qui m'avait manifesté de l'intérêt. Il m'avait l'air plutôt timide et maladroit, mais je comptais me livrer à une petite mise en scène qui lui donnerait le courage de changer le mode de nos relations. Mon désir de me libérer de mon obsession me rendait imaginative : j'avais besoin d'un traitement de choc et tout homme m'apparaissait comme un recours possible. Nous devions déjeuner ensemble et je lui avais demandé de venir me chercher chez moi. C'était l'été. Pour l'occasion, j'avais acheté une robe légère, de couleur vive, suffisamment décolletée pour mettre mon hâle en valeur sans être trop provocante, car il aurait pu s'en trouver surpris et désorienté.

Je me souviens de son émotion quand, après quelques minutes de conversation où nous étions restés debout l'un près de l'autre, plein de décision et de fermeté, il me prit dans ses bras. Il fit ce jour-là ce que j'attendais de lui; il le fit sans adresse particulière, mais avec une ardeur qui me réconforta un peu, loin de soupçonner que cette aventure, gagnée, croyait-il, de haute lutte, entrait en fait dans mes projets et que je l'avais préparée avec soin ; fugitivement, je crus retrouver un élan perdu, celui que donne l'amour, et, plus précisément, le plaisir, car il avait lui aussi, quoique de façon moins inventive que Julien, cette science instinctive qui permet de mesurer très exactement la légèreté ou le poids, la rapidité ou l'insistance, la douceur ou la force de la caresse requise en cet endroit-là du corps en ce moment précis. À nouveau, j'étais belle, vivante à nouveau, entourée de cet éclat que donne le désir, même dans son expression la plus rudimentaire – être touchée, revivifiée par le désir, c'était sentir, après des semaines arides, la circulation de la vie qui reprenait ; et de ce regain de vitalité, si éloigné de mes grandes envolées sur l'amour, je fus simplement heureuse. Pourtant, poussée par quelque démon pervers et ne suivant que mes envies du moment, au lieu de lui manifester mon plaisir comme je l'aurais dû, j'ai par la suite mal agi envers cet homme, remettant nos rendez-vous au dernier moment, au gré de mes envies, glissant dans la conversation des insinuations et des demi-confidences qui devaient le rendre perplexe, ou lui refusant sans raison ce que j'avais accordé la veille. Je ne pense pas que j'aie jamais cherché à me venger sur lui de l'instabilité d'humeur dont j'avais souffert de la part de Julien, quoique cette pensée me soit venue, simplement je ne l'aimais pas et ne voyais aucune raison de feindre une tendresse que j'étais trop insatisfaite pour éprouver. Nul doute qu'il vît en moi des abîmes de froideur et une bonne dose de sadisme. Pour la première fois, j'agissais sans considération de l'autre et je me découvris, avec une surprise dénuée de satisfaction, des ressources inconnues de perversité. Parfois, le regret me revient encore de cette relation gâchée et du piètre rôle que j'y jouai.

Ce comportement nouveau, étranger à mes habitudes, me rendit cependant un peu de vigueur ; il eut principalement le mérite de me proposer une autre image de moi-même. La banalité de ma conduite ne m'échappait pas : elle découlait tout naturellement du tournant inattendu pris par nos relations. Quant au plaisir, il serait faux de dire que je n'en ressentais pas, mais je ne cessais d'être étonnée que l'acte sexuel ait en soi si peu d'importance, alors qu'il avait pu, un jour, en revêtir une si grande. Et le courant de vie essentielle qui me reliait à Julien ne diminuait pas d'intensité ; bien au contraire il s'augmentait de ma tristesse. Ce que les autres me donnaient me faisait mieux ressentir ce qui de Julien leur manquait – ce qu'il possédait au plus haut point et qui était tout. Jamais je n'avais tant souffert.

Cette poussée de révolte s'épuisa donc d'elle-même. J'avais mesuré l'inutilité de mes tentatives pour échapper au pouvoir de Julien. Je n'étais pas même parvenue à atténuer l'effet de cette scène finale qui me laissait une persistante impression de flétrissure et de mort. Je m'abandonnai alors à la souffrance qui me recouvrit comme une lame de fond. Une souffrance inconnue, profonde, violente, une souffrance poussée à l'extrême, sans commune mesure avec la douleur ou la joie ordinaires.

En réalité, ce n'était plus la souffrance, ni même son opposé, le bonheur, que je recherchais, mais une drogue assez puissante pour m'arracher à moi-même, un instrument de torture suffisamment aiguisé pour trancher l'inutile. Pour que soient détruits les craintes et les doutes, et les défenses à grand-peine maintenues et les précautions dont on s'entoure. Détruits le calcul sordide, le besoin de possession, la jalousie et l'envie qui font tourner le monde, et toutes les sinistres petitesses dont nous sommes prisonniers.

Je comprenais les nonnes mystiques du Moyen Âge, qui trouvèrent dans le dénuement, la privation et les douleurs qu'elles infligeaient à leur corps un aiguillon, jamais assez cruel pourtant, à leur inépuisable fringale... de quoi au juste ? d'amour ? de goût du néant, de destruction ?

Un vers de Rilke, récemment lu dans un poème en français, m'aida – comme la littérature, que je ne dissociais pas de la vie, toujours m'aida. Je me le répétais à proportion de l'apaisement qu'il me donnait. Chacun de ses mots était gravé dans mon corps et j'en vérifiais à tout instant la vérité. Les prononcer, les remâcher, les ressasser jusqu'à l'obsession, telle une machine qui s'entretient elle-même, calmait un peu ma peine :

– *Rose qui infiniment possède la perte.*

La perte, je la possédais à l'exclusion de tout le reste et elle m'avait en effet ouvert un infini. Plus tard, quand nous eûmes repris une correspondance, je recopiai pour Julien ce vers dont j'avais pleinement mesuré le sens. Il se montra enchanté de ma découverte. « Cette ligne me plonge dans un état de grande exaltation, d'admiration et d'angoisse, m'écrivit-il, d'où vient-elle ? » Immédiatement, il se l'était appropriée, comme le montra la suite de sa lettre, quitte à en subvertir le sens : la perte, m'expliquait-il, il ne s'y attardait pas, ne la possédait pas, mais, constamment, l'abandonnait, la dépassait, sa nature étant faite, précisément, de déplacements, de rebondissements, d'abandons successifs, et c'était cet abandon qui en lui était visible... Et au passage, il répandait ses biens, il donnait, donnait à chacun, puis repartait, laissait, revenait, donnait encore... Un jour il m'avait dit : « Je suis fatigué de donner de moi-même dans tous les sens. » En lisant sa lettre, je me souvenais de cet épuisement dont il se plaignait, de sa mission exigeante. Mais jamais je ne compris, je crois, à quel point nous étions distants l'un de l'autre, puisque même cette phrase, où j'étais contenue tout entière, il avait trouvé moyen de la détourner à son profit, de la travestir au lieu de la recevoir.

Mais à quoi bon s'attarder sur des définitions de mots (perte, par exemple, ou don), quand un seul, tel celui d'amour, recouvre des expériences si différentes ? Bien évidemment, je savais qu'on ne peut « abandonner » la perte, comme il le prétendait, tout au moins si le mot perte recouvre bien l'expérience que je faisais, mais peut-être la traverser dans le temps par une lente et difficile transformation de soi-même. Et pourquoi ergoter avec ce grand consommateur de vie qu'il était, avec cet être de fuite, perpétuellement en quête de sensations neuves, ce célébrant de l'amour, toujours prêt à se laisser émerveiller, attirer, subjuguer et capturer par une forme de vie nouvelle, et puis à capturer à son tour, et retenir ? Au-dedans de moi, je savais bien que c'était inutile et que, l'aimant pour les raisons mêmes qui me faisaient souffrir, mieux valait me soumettre – ou renoncer.

Donner

Je me suis interrogée sur le sens du verbe donner, qu'on utilise si facilement et, me semble-t-il, abusivement (comme celui d'aimer). Retenir l'attention des autres, même en racontant des histoires qui vous tiennent à cœur, cela prend beaucoup d'énergie ; moins, pourtant, que d'écouter autrui vous raconter des histoires qui ne vous tiennent pas à cœur. « Donner » ressemble à « se répandre ». On répand ce qui est en soi, autrement dit, on en fait cadeau (dans mes lectures, j'avais remarqué que les psychanalystes ont dit quelque chose d'approchant à propos du bébé qui, sur le pot, veut satisfaire sa mère, mais je chassais de mon esprit ces comparaisons inopportunes). Si l'on se répand dans un but précis : plaire, séduire, par exemple, amuser, captiver – alors donner devient l'équivalent de prendre. On « donne » ce que, de toute façon, on ne peut longtemps retenir, dans l'intention de prendre à l'autre, d'abord son écoute, son attention, voire son admiration, puis le reste, son esprit tout entier, comme une pelote dont on a attrapé le fil qui se dévide... J'ai observé que les gens qui parlent le plus du don qu'ils font d'eux-mêmes sont souvent ceux qui exigent le plus de nous (déjà, ils exigent que nous recevions ce qu'ils ont à donner, ce qui n'est pas rien). Qui a dit : « L'ami n'est-il pas celui qui construit autour de vous la plus grande résonance possible ? L'amitié ne peut-elle se définir comme un espace de sonorité totale ? »

L'amitié, pas l'amour. Pour ces seules phrases, j'admirerai longtemps leur auteur.

38. Anesthésie

C'est dans un état d'apathie que j'effectuai le voyage d'été qui, comme chaque année, devait me conduire vers le sud, en Yougoslavie cette fois, dans l'île de Korcula.
Entraînée par mes compagnons de voyage habituels, je quittai Paris avec indifférence : j'y serais restée avec la même indifférence. Pour la première fois, la beauté de ces paysages ne me toucha pas. Bordée de tamaris, la mer turquoise étincelait sous le soleil sans nuance ni douceur ; les ruelles du village, vides dans le plein midi, blanches et durement tracées, promettaient une perfection que je ne percevais plus, mais dont le souvenir me revenait, comme un signal envoyé d'une vie antérieure. Seules les soirées m'apportaient un peu d'apaisement. En contrebas de l'hôtel où je logeais, un parc boisé bordait la mer ; c'est là qu'à la tombée de la nuit j'allais me promener. On n'entendait plus, dans l'ombre envahissante, que le chant des cigales et, comme un souffle profond et régulier, la respiration de la mer, flux et reflux, l'aspiration légère qui roulait les galets, puis un grondement qui se répercutait au long de la côte. Par les soirées calmes, je m'asseyais sous les branches basses des pins au bord de l'eau mouvante et noire, dans cette obscurité magique que perçait de loin en loin une lumière, et, indéfiniment, j'écoutais ce bruit pri-

mordial de la mer, ce rythme venu du fond des temps, ample et apaisant, et dont la régularité colossale m'arrachait peu à peu à moi-même. Plus que le sentiment de ma petitesse, c'était la monotonie de ce son qui agissait sur moi à la façon d'un anesthésique puissant, calmant ma douleur et lui restituant sa vraie mesure, la mêlant à toute la douleur du monde dont ce mouvement éternel semblait contenir le commencement et la fin. Cette rumeur de la mer par les chaudes soirées d'été, quand nuit après nuit j'allais y mêler ma peine pour que, par la mer, elle soit lavée, dissoute, accompagna désormais mes rêveries, telle une musique de fond où dominaient la notion d'infini et celle d'indifférence. Si cette image outrageusement romantique d'une femme solitaire (il est vrai que je ne puis écrire « jeune femme », comme il le faudrait) pensant à son amour perdu devant le paysage peut prêter à sourire, je dois dire pour ma défense que ces heures de contemplation étaient dénuées de la moindre pose; le malheur m'avait ôté toute conscience de moi : comme d'autres dans la drogue, je ne faisais que chercher, par tout moyen à ma portée, un peu de répit à mon malaise.

De temps à autre, au moment où, ayant cessé d'y penser, je m'y attendais le moins, cette souffrance revenait brutalement et me perçait littéralement le cœur. J'eus l'occasion à cette époque de vérifier l'exactitude des expressions les plus usitées dans de tels cas, « avoir le cœur brisé », « être écrasé de douleur » ou « avoir le cœur lourd », cette lourdeur que je sentais comme un poids sur la poitrine m'empêchant de respirer... Mais tout de même, grâce à mes exercices de détachement quotidiens, j'avais un peu repris possession de moi-même quand je revins à Paris.

C'est dire que je fus bientôt capable de renouer avec cette curiosité qui toujours prédomina. « À l'être que nous avons le plus aimé nous ne sommes pas si fidèles qu'à nous-même », écrivait Proust, dont je lisais et relisais les pages sur l'amour en guise de conseil ; me restait le désir intense d'apprendre quelque chose de neuf, sur moi, sur la vie, sur les autres, et c'est à cet effet que j'allais utiliser ma peine. Étant maintenant en mesure de la maîtriser, comme une avare, je voulus la conserver pour moi seule : en aurais-je eu envie que je me serais bien gardée d'écrire à Julien. Les amis que je continuais de voir régulièrement durent se demander si quelque maladie secrète n'était pas cause de ma mauvaise mine et d'un air d'affliction persistant, mais à aucun d'eux je n'eus, à cette période, la tentation de me confier (si, plus tard, la discussion m'aida à mieux comprendre un personnage que la passion avait chargé de signes contradictoires). La peine, je fus attentive à ne pas en égarer une parcelle, à ne pas entraver son cheminement en moi, de sorte qu'elle m'ouvre à une compréhension nouvelle. Protégée par elle, je m'enfonçai sans plus m'arrêter dans le travail de recherche que j'avais entrepris. Le travail ininterrompu produit lui aussi l'effet d'une drogue ; pendant ces jours de recentrement, il me donna accès à un espace intérieur d'où rien ne vint me déloger. Considérés à cette distance, les gens et mes rapports avec eux m'apparaissaient tout différemment ; en me libérant de l'émotion qu'ils avaient suscitée, l'éloignement leur avait restitué leur taille et leur place véritables – leur vérité.

Dans cet état de réceptivité extrême – c'est Proust, je crois, qui a remarqué que la douleur nous hausse au-dessus du niveau plat où nous vivons habituellement –, je découvrais soudain le monde sous une autre perspective. Ces formes fermées, opaques, séparées les unes des autres, et pourtant indéfiniment semblables, qui le constituaient, j'y voyais maintenant des possibilités sans fin d'ouverture, de passage et de correspondances : tout se répondait, tout était relié, un courant rapide circulait, celui même du mouvement de la vie. Le monde s'ouvrait, il m'était devenu lisible. La souffrance, par le travail qu'elle avait opéré en moi, était devenue le moyen d'accès à une vie intensifiée. Dissipant les couches protectrices de l'habitude, elle m'avait mis l'esprit « à vif » (comme on dit mettre la chair à vif), et les impressions qu'il recevait à chaque instant s'y inscrivaient directement. Jamais je ne lus et ne compris si bien qu'à cette époque les poèmes d'Emily Dickinson, ou la prose de Thomas De Quincey, ou tout autre livre majeur dont la musique, comme autrefois celle de la mer, m'apportait un apaisement et une consolation. Chaque mot résonnait en moi, j'en avais une compréhension non plus extérieure et lointaine, mais intime, nécessaire, profonde, comme s'il m'avait été soufflé par mon expérience propre. J'ajoute que le rythme de la langue, le poids des mots, leur agencement dans la phrase, tout cela j'avais la *sensation* de le découvrir ; je lisais ces textes comme s'ils m'étaient dictés par une voix intérieure, comme si je les avais moi-même écrits, comme si j'étais en train de les écrire : plus exactement, je les vivais.

Avec quelle clarté m'apparaissaient mon histoire maintenant que je n'y figurais plus, ma détresse et mon silence, et mes tentatives pour réagir au mieux dans une situation que je n'avais pas mesurée. Ayant renoncé à une lutte vaine, je ne désirais pas revoir Julien, ni aujourd'hui, ni dans un an, ni dans dix... Il était en moi, pour toujours. À cela, il n'était pas besoin de vérification. Qu'il ne m'eût pas aimée comme je l'avais aimé ne m'importait plus. Toute expérience ultime se suffit à elle-même.

Cette humeur élevée me soufflait d'autres conclusions auxquelles j'aurais voulu me tenir. À l'époque, elles s'imposèrent à moi comme autant de certitudes. Mon détachement nouveau me permettait de négliger le sentiment personnel et ses effets pour tenter d'en saisir l'essence. Je le croyais fermement, le lien qui m'unissait à Julien échapperait au temps comme à son ancrage physique, car il était sous-tendu par une passion et par une angoisse, par une aspiration qui nous dépassaient l'un et l'autre. Le mouvement même de mon amour visait, au-delà des particularités individuelles, l'infini qui l'habitait et en lequel je le retrouvais ne le cherchant plus.

39. Les lettres

Ainsi, forte de ce lien invisible, me croyais-je à l'abri d'émotions que je ne désirais d'ailleurs pas. Ces découvertes successives et la richesse nouvelle qu'elles donnaient à ma vie nourrirent les premières lettres que j'envoyais à Julien, lorsqu'après plus d'un mois de silence il tenta de me revoir.

Ce fut d'abord un coup de téléphone un matin où je me croyais gardée contre ce genre de surprise. À une heure en général calme, la sonnerie retentit, interrompant mon travail. Sa voix. C'était sa voix, heureuse, rapide, émue, comme s'il m'avait quittée la veille. C'était sa voix, avec ses intonations chaudes, sonores, bien formées, dont la tendresse s'adoucissait parfois jusqu'au murmure, sa voix, et je ne la recevais pas. Elle me parlait des vacances de Julien et de ses découvertes, du bord de l'Atlantique d'où il m'appelait, de ses promenades à l'extrémité des terres où l'horizon recule jusqu'à s'effacer, traçant autour du promeneur un cercle parfait; il partait de bonne heure le matin, les routes étaient vides sous un ciel immense, des oiseaux chantaient, des dizaines d'oiseaux de variétés différentes, et il se sentait libre. L'enthousiasme et le désir de me communiquer ses impressions le faisaient vibrer; il vivait, il éprouvait des choses étonnantes, inouïes (inouï, l'un de ses mots préférés : rien ne pouvait lui arriver que d'extraordinaire). Avec sa précipitation, ses haltes et ses glissements, avec ses trouvailles ponctuées de rires légers, c'est une sorte de chant, de musique que sa parole évoquait pour moi. Mais après ces longs jours au bout desquels je m'étais retranchée dans les régions reculées de la solitude, ce chant ne m'apparaissait plus que comme une dérision. Julien avait trop de finesse pour ne pas sentir que son charme était cette fois impuissant à me regagner. Et j'admirais de nouveau ce trait si donjuanesque : la volonté de ne jamais perdre une conquête, jointe chez Julien à un savoir-faire véritablement étonnant. Avec une rare intuition, il pressentait le moment voulu pour intervenir, et il n'avait de cesse qu'il n'ait à nouveau séduit, rattrapé et soumis la fugitive ; il me semblait parfois qu'il ne la laissait s'éloigner que pour mieux jouer de son pouvoir ; alors, sa faculté de divination lui soufflait les mots et les accents qu'il fallait pour que, perplexe d'abord, puis éperdue et reconquise, elle rende bientôt les armes, et il voyait sa victime, rebelle l'instant d'avant, fléchir, se troubler, et puis lui revenir. Quelle joie il ressentait à manipuler ainsi les femmes qu'il avait assujetties, ne leur laissant la liberté de s'échapper que pour les rappeler dans la minute suivante, ni trop tôt ni trop tard, et il éprouvait de la reconnaissance devant cette nouvelle preuve qu'elles lui donnaient de son pouvoir. Autant que le désir de relever et consoler celle qu'il s'était plu à faire souffrir, cette victoire l'attendrissait. Il montrait alors tant d'émotion et de douceur qu'elle en oubliait les derniers restes de sa rancune : épuisée par tant de soudaines volte-face, de nouveau subjuguée, elle s'en remettait à sa science de l'amour. Telle était la racine du sadisme de Julien ; jamais il ne m'assurait de ses sentiments avec plus de conviction que lorsque, à bout de force, j'avais cessé de l'entendre. Et il est vrai que c'est dans de tels moments qu'il m'aimait le mieux : par la cruauté il avait réussi à attiser son désir. Et moi, me libérant d'un coup de toute entrave, je m'ouvrais tout entière à la joie qui faisait irruption. Alors je savais que les longues semaines de détresse que j'avais traversées n'avaient existé que pour aboutir à ces heures où je le retrouvais.

Le temps de nos rencontres n'était pas celui du quotidien et la réalité où je le rejoignais n'avait pas plus de rapport avec les expériences courantes qu'un instant de vision n'en a avec la vie ordinaire. J'étais donc prête à souffrir si la souffrance était le prix de ces heures de délivrance. Et qui peut dire d'une femme, qui consent si volontiers au jeu dont dépend sa vie, qu'elle est une victime ? Je me voyais bien plutôt comme une partenaire à égalité, si ce n'est comme la perpétuelle gagnante, puisque à ce jeu, effectivement, je gagnais tellement plus que Julien dont les instants d'illumination, parce qu'il aimait moins, n'étaient qu'un lointain reflet des miens. Il m'a d'ailleurs toujours semblé que ceux qui, par peur d'être dupes ou de souffrir, refusent de s'abandonner au jeu et tentent constamment de le dominer, sont ceux, précisément, qui au bout du compte sont les dupes, puisque la part de vie, d'amour et de mort qui leur est dévolue est tellement plus étroite que pour les autres, ceux qui vivent et sentent en proportion de ce qu'ils ont risqué.

Sans doute faut-il voir là les raisons de la durée d'une passion qui, si souvent, menaça de prendre fin. Quoi que j'aie pu penser de Julien, quels qu'aient pu être mes reproches et l'aspect négatif de cette liaison, rien de tout cela ne put mettre en péril les moments d'amour. Il n'existe pas de lien entre les sentiments inscrits au fil des jours, dont les motifs sont aisément analysables, et l'impulsion venue de régions inconnues qui me soulevait lorsque je le voyais. De même, ce n'était pas la somme de ses qualités et de ses défauts, je l'ai dit, que j'aimais en lui, mais son être, qui était encore autre chose et que je percevais dans des moments de pure présence.

Cette fois cependant, la magie n'opérait pas, je ne sentais rien, malgré mes efforts, ma voix demeurait plate et lointaine. Il mit donc un terme à ses descriptions et, faisant une dernière tentative pour m'atteindre, cédant aussi à son élan, il usa de ce moyen infaillible, m'assurer de son amour :

– Je t'aime très profondément, entendis-je, et je mourais d'envie de te le dire. Même si je devais ne jamais te revoir, cela ne changerait rien au fait que je t'aime très profondément et qu'il en sera toujours ainsi.

Pas une seconde je ne doutai de sa sincérité. À sa façon instable et périlleuse, Julien m'aimait et, tant que j'aurais la force et le désir de continuer, de souffrir et de me laisser reprendre, jamais il ne m'abandonnerait. Je compris alors ce qu'il attendait de moi. Un jour, avant que l'amour ne se délite sous l'action du temps et de la lassitude, avant qu'il ne se transforme en une amitié tolérante et complice, chargée de confidences dont je ne voulais pas, il me reviendrait de partir afin d'en préserver l'intégrité.

Quelques jours plus tard, je recevais une lettre. Ses pages finissaient par une « remarque objective », « j'ai très très envie de toi », qui, malgré la neutralité de mes réponses au téléphone, marquait une progression et même, une offensive. La vision d'un homme seul, partant pour les marais afin de contempler les oiseaux, complétait cette missive allègre, qui me donnait à rêver, à désirer, à espérer (toujours, il eut l'art de dresser ces petites mises en scène qui servaient admirablement son image et le montraient dans sa singularité, en proie à quelque sentiment fort, plein de vie, s'émerveillant, ou bien accablé par le sort). Mais il fallait qu'il s'efforce encore de me rejoindre, car cette fois, j'avais cheminé seule si longtemps loin que je n'étais plus apte à le suivre dans ses tours et détours. Ce fut le début d'une longue correspondance. Je m'y abandonnai à une veine sublime, tout en restant absolument sincère. Julien m'avait invitée à une explication. J'insistais sur le fait que je n'étais ni sa victime ni son jouet et que j'étais libre devant ma souffrance – libre d'en faire ce que bon me semblait. Julien m'en avait fait don. C'était à moi d'utiliser ce don au mieux de mon pouvoir, de l'aménager à mon usage.

De ma deuxième lettre surtout, je me souviens ; pas un mot n'y figurait sur lequel je n'aie longuement réfléchi, pas un mot qui n'exprimât, du plus profond du cœur, un besoin impérieux de clarté intérieure. J'eus l'impression, après l'avoir écrite, que l'air s'était allégé et que je respirais plus librement. Aujourd'hui encore, j'en reconstitue aisément l'essentiel.

– Ne dis pas, je t'en prie, ne pense jamais que tu m'as fait du mal. Ce serait tellement loin de la vérité. Il ne dépendait pas de toi de me faire du mal. Me faire souffrir sans doute, mais cette souffrance, il m'appartenait de la transformer ; ce que j'ai fait. Et puis elle était *en harmonie* avec le reste, avec les mouvements de joie, aussi profonde, aussi pleine, débordant toute cause précise : une sorte d'aération de l'être après des années compactes, des années de respiration entravée. Non, elle ne m'a pas « fait de mal », étant une intensification de la vie, l'accès à une vision plus forte. Seuls l'ennui et l'absence d'amour sont inacceptables. Aussi, quand tu penseras à moi, ne te dis pas que « dorénavant, tu ne veux me faire que du bien », comme tu me l'écris, mais que tu m'as déjà fait *tout* le bien que tu pouvais en me faisant t'aimer avec une si grande intensité, et donc, nécessairement souffrir...

Cette lettre qui lui enlevait tout sentiment de culpabilité devait plaire à Julien : il la trouva « immense » et voulut longtemps la garder sur lui.

Cette fois, il désira se soumettre entièrement à ma volonté et me laisser l'initiative de notre prochaine rencontre. Je ne réfléchis pas longtemps. Les heures de lutte dont je m'étais il y a peu de temps enorgueillie me paraissaient à présent dures et désolées, tellement insuffisantes en comparaison de la douceur qui de nouveau me pénétrait.

40. Alternances

Dans le train de Paris à La Rochelle, je ne fis que penser à lui, partagée entre l'agitation où me plongeait l'idée de le revoir et la crainte non moins grande que mon initiative ne se heurte à des difficultés imprévues. En prenant la décision de le rejoindre, je n'avais pas jugé bon de le prévenir, escomptant sa surprise heureuse, lorsque je l'appellerai, à me savoir soudain si près de lui. Mais au fur et à mesure que le train approchait, mon inquiétude montait et se formulait en questions précises : trouverait-il le moyen, rompant le rythme invariable des journées de bord de mer passées en famille, entre la plage, les promenades, la lecture et les repas en commun, de s'échapper pour me retrouver, ne serait-ce qu'une heure, quelques minutes même ? Et cette interruption de sa vie réglée et tranquille n'allait-elle pas lui causer plus de gêne que de plaisir, même si chacune de ses lettres proclamait son envie de partager avec moi les paysages et la lumière qu'il aimait ?

Arrivée dans la petite chambre d'hôtel où j'avais trouvé refuge, tel était le conflit de mes sentiments et mon besoin de Julien, que j'hésitai à m'approcher du téléphone : le cœur me battait dans la gorge, ma voix serait méconnaissable, il ne serait pas seul, ou pire encore, il serait absent et quelqu'un d'autre me répondrait... Tant et si bien que je faillis repartir. Pourtant, plus morte que vive, à mille lieues du bonheur que j'avais imaginé, je finis par décrocher l'instrument menaçant et composer son numéro. Par chance, ce fut Julien qui me répondit. J'entendis sa voix. Sa voix calme, heureuse, nullement surprise : « Mon chéri », entouré du souffle léger qui donnait à ces mots, chaque fois qu'il les prononçait, la force d'une déclaration, « quel bonheur de t'entendre, j'avais justement si envie de te parler... ». Je m'entendis alors prononcer les paroles que j'avais préparées : « Je suis là, à quelques rues de toi, je viens d'arriver... »

Il se passait quelque chose au bout du fil, un bouleversement que seule me traduisit une exclamation inarticulée suivie d'un silence de quelques secondes au bout duquel une voix altérée, rapide, pressante, reprit – « Viens. Tout de suite. Non, attends une minute... réfléchissons... » Il fallait éviter les rencontres, attendre le moment propice, quand sa famille serait occupée par les activités habituelles de la soirée. Nous convînmes de nous retrouver à la tombée de la nuit, à la sortie du village, devant la barrière où commencent les marais...

Après avoir raccroché, je restai comme stupéfiée. J'étais plantée là, au milieu du décor nu de ma chambre d'hôtel, étourdie de bonheur. Quelques semaines auparavant, je croyais ma vie terminée et m'étais réfugiée dans une solitude hautaine : seule me restait la perspective – peu souriante, il faut l'avouer – d'un progrès intérieur patiemment gagné. Quelques minutes auparavant, j'étais oppressée par la crainte de lui déplaire, prête à reprendre le chemin de Paris dans les plus brefs délais. Et voilà que tout avait changé : en l'espace d'un instant, par la seule grâce de l'amour, j'étais passée de la prostration à l'euphorie. La vie s'ouvrait, elle était bleue et fraîche comme un petit matin ensoleillé, riche de possibilités qui toutes se ramenaient à cet événement incroyable : le revoir, j'allais revoir Julien, il n'y avait pas d'autre réalité.

Ainsi mon humeur variait de façon vertigineuse, l'amour me transportant comme par magie d'un état à son contraire. Après les jours sombres où j'avais cru perdre Julien, l'espace se dilatait, les murs s'évanouissaient, je ne sentais plus que la joie. C'était, concentré dans l'instant, plus de bonheur que je ne pouvais supporter. Je regrettais seulement que son afflux m'ôtât la conscience voulue pour mesurer l'ampleur du changement ; mais au long des semaines suivantes je reviendrais inlassablement sur ces émotions et sur ces scènes, les décomposant et les ruminant, passant et repassant le film dans ma mémoire, m'arrêtant sur chaque image, méditant chaque mot afin de m'en repaître, insistant sur telle intonation tendre et le plaisir qu'elle m'avait causé.

Je sortis de cette chambre où j'étouffais. Mon bonheur avait besoin de s'épancher à l'air libre. Je ne marchais pas, je volais, je dansais. Plus que jamais, l'univers extérieur m'apparaissait comme une toile de fond, irréel. En attendant la nuit, afin d'épuiser un peu mon excitation, j'errais dans les rues, sur les places du village, dans l'entrelacs des ruelles bordées de maisons basses et blanches. Le ciel, bleu et léger, énorme par-dessus les toits plats, donnait au promeneur l'impression d'être soulevé, enveloppé, aspiré dans ses hauteurs, comme si lui-même participait d'une nature aérienne.

Chaque pas me rapprochait de Julien ; ces itinéraires que je parcourais, il les avait empruntés, ce recoin et cette maison, il les avait regardés et aimés, devant cette impasse, il s'était arrêté, puis il avait avancé, peut-être, prêt à découvrir quelque chef-d'œuvre, quelque jardin en friche à demi dissimulé par un long mur. Il me semblait que ce décor avait été mis en place par ses soins, en prévoyance du moment où je viendrais l'y rejoindre. Il en était le créateur, il me l'avait destiné et maintenant m'en faisait don : en chaque objet, c'était sa présence que je percevais, en chaque objet Julien que j'aimais. Ma promenade n'avait d'autre but que cette réunion qui me préparait au moment où je le reverrais.

À 9 heures, tandis que le soleil commençait à décliner et que les derniers promeneurs rentraient chez eux, je me suis dirigée comme en un rêve vers l'endroit où nous devions nous retrouver. Un vent frais soufflait et le long de la route les hautes herbes des champs s'inclinaient. Et les formes du paysage qui s'étendait à perte de vue, le vent et la lumière, et les rares passants que je croisais se hâtant, n'étaient plus que la projection de mon état étrange. Enfin, accoudé à la barrière, silhouette fine dans la distance, je vis Julien qui m'attendait.

Côte à côte nous avons cheminé sur le sentier étroit, entre les étendues plates des marais salants. Nous regardions droit devant nous la ligne où la terre, le ciel et l'eau se rejoignent. À l'horizon, comme un mince liseré noir, la terre séparait la voûte du ciel de son reflet sur l'eau pâle. Elle décrivait autour de nous un vaste cercle, ainsi que Julien me l'avait dit, et nous étions, telle la pointe du compas, au centre de ce monde. De temps à autre, me tournant vers lui, j'apercevais son profil éclairé par la lumière de cette fin de journée ; à la fois proche et lointain, il me semblait, ainsi découpé sur le bleu sombre du ciel, revêtir une noblesse nouvelle, participer de l'éternité paisible qui émanait de ces confins. Tout était en repos, absolument calme. Peu à peu ce calme nous gagnait, apaisant l'humeur d'euphorie qui l'instant d'avant nous avait enlevés à nous-mêmes. La nuit tombait déjà, enveloppant une vie subreptice et lente dont montait vers nous l'odeur forte. Nous étions seuls. Loin de l'élément humain, nous avions pénétré dans un autre royaume, un univers aquatique que traversait de loin en loin le cri sauvage des oiseaux. La forme hiératique d'un grand héron cendré paraissait attendre, immobile et parfaite. Parfois, le cri d'une mouette qui prenait lourdement son envol approfondissait la solitude des lieux. Un peu en contrebas de la route, les vastes quadrilatères où la mer était retenue offraient au regard leur surface curieusement variée. Le ciel s'y reflétait et de tous côtés, le regard, si loin qu'il portât, ne rencontrait que cette douceur plane. Un marais depuis longtemps asséché évoquait un morceau de terre africaine transporté là par le plus grand des hasards, avec ses grandes craquelures qui séparaient à intervalles réguliers des îlots de limon gris.

Julien s'arrêta soudain et me prenant par le bras me fit remarquer, là où l'eau était moins profonde, la couleur irisée de la vase : une écume rousse ou verdâtre indiquait la décomposition des feuilles, ces strates de végétation qui lentement pourrissaient, formant une pâte épaisse et mouvante, mais à travers la matière lourde, mêlée à la fermentation de la pourriture, la vie se faisait jour, remontant en affleurements aux teintes indéfinissables. Agglomérations de bulles, traînées sinueuses, dessins contournés qui s'étalaient à la surface de l'eau verte. En regardant de plus près ces nappes d'algues et de vase, on avait l'impression, me dit Julien qui les avait observées, d'en revenir à l'origine du monde, de se trouver face au laboratoire naturel d'où lentement la vie avait émergé.

Dans les bas-côtés, parmi les tamaris, croissait un tapis d'herbes et de salicornes. C'est là, derrière les hauts buissons qui, à certains endroits, formaient comme un rempart, que nous nous sommes dissimulés, entre la terre sèche du chemin et l'humidité de la vase. Pour la première fois nous n'étions pas dans un espace clos dont les murs protégeaient notre secret, mais à l'air libre, à découvert, parmi les éléments de la nature, mêlés à eux, à la puissante odeur de mer, à l'horizon obscurci dont la ligne lointaine se fondait dans la nuit, à l'immensité liquide qui nous entourait, à tout l'espace peuplé et silencieux.

Julien m'a enlacée, me serrant violemment. Longuement je l'ai embrassé dans la bouche. Nous nous sommes agrippés l'un à l'autre. Je ne savais ce qui nous faisait tituber, le vent qui s'était levé, le ciel sans repère, la force de notre étreinte ou la terre qui bougeait et glissait sous nos pas. En tombant, j'ai senti sous la couche d'herbe le sol spongieux qui me recevait. Julien m'a dénudée jusqu'au ventre et l'air froid de la nuit s'est posé sur moi ; puis je me suis ouverte et il s'est enfoncé dans mon corps brutalement, massivement, d'un seul coup pesant et sûr qui me clouait au sol. Il me donnait la vie que j'attendais, et la nuit et l'odeur de la vase et le vent qui soufflait sur l'étendue, le cri des oiseaux attardés et le frémissement de l'obscurité, il me donnait le ciel sans étoile, sans limite, et la terre dont je sentais contre mon dos la pression humide, il me donnait toute la pulsation de l'univers en nous, autour de nous.

Julien reprenait haleine, pesant sur moi sans bouger. Soudain, il m'a serrée plus fort. Avec une violence inouïe, il s'est laissé retomber de tout son poids ; comme pour m'achever ; une dernière fois ; l'explosion finale au-delà de laquelle rien ne subsistait ; j'ai entendu le cri que je poussai.

Tant bien que mal il s'est relevé. Je me suis accrochée à lui, les membres alourdis; j'étais maintenant agenouillée, mon visage à la hauteur de son ventre nu; j'éprouvai de mes lèvres sa résistance et sa douceur, l'embrassant, le creusant à petits coups sur toute sa surface; au-dessous, j'embrassai aussi ce qui n'avait cessé de provoquer mon saisissement, son sexe que je voyais à nouveau se dresser. Les genoux plantés dans le sol, mes bras noués autour de ses reins comme une suppliante.

Puis j'ai attiré Julien à moi et, encore une fois, nous avons roulé sur le sol. La terre humide s'attachait à nos corps et cela ne nous excitait pas moins que la nudité de la chair dont la blancheur lunaire contrastait avec l'herbe noire.

Enfin, nous sommes restés allongés côte à côte, sans plus de pensée, de désir ni de mémoire, en paix.

41. *Fuir*

Dans le train qui me ramenait vers Paris, revivant ces scènes surprenantes, je ne pus m'empêcher de penser qu'elles marquaient l'apogée et le déclin d'un sentiment. Quel manège utiliser, quelle variante introduire dans le fil des jours pour préserver la nouveauté, l'intensité des sentiments et du désir ? Quelle séparation imaginer afin d'en raviver l'élan, quel déchirement subir encore que je n'aie déjà subi et quelle angoisse accueillir dont l'issue serait cet émerveillement toujours entier ? Et le chagrin lui-même ne finirait-il pas par s'user, ne me laissant que le goût amer de la répétition ? Le malheur trop souvent ressassé perd de sa vertu et de son pouvoir de métamorphose ; depuis longtemps, depuis que j'avais commencé de comprendre Julien et de souffrir, je le pressentais. Le temps transformerait en système ce qui, par définition, se doit d'échapper à toute régularité sous peine de devenir mécanique et donc, sans effet : ces alternances, ces tensions, ces surprises qui nous rendent à la vie.

Aussi pris-je la décision pendant ce trajet de retour, tandis que le souvenir des dernières heures passées ensemble me soutenait encore, de quitter Julien – non parce que la tristesse m'y acculait mais parce que le bonheur m'en donnait le courage – le courage de ne pas faillir à l'amour. Et n'aurait-ce pas été faillir que d'accepter une souffrance stérile, inutile, révoltante, comme celle que j'avais entrevue, une souffrance qui, au bout du compte, en viendrait peut-être à m'éloigner de lui, mais cette fois l'ayant perdu et me perdant de surcroît ? ne valait-il pas mieux, m'enfonçant en moi-même pour dégager le sens entier de la plus grande aventure que j'aie vécue, continuer de l'aimer en l'Amour qu'il m'avait découvert ? et me retirer, avec la mémoire intacte de nos heures les plus fortes auxquelles mon esprit demeurerait fixé ?

Combien différentes ces heures pleines, denses et rêveuses au point que rien, ni bonheur ni malheur ne pouvait s'y glisser, des jours de froideur où j'avais cru ne plus l'aimer – ces jours où, ne pouvant détacher ma pensée de lui, je souffrais de cette aliénation et de mon impuissance, de l'incapacité de mon esprit à s'évader de circuits trop connus, parcourus jusqu'à l'écœurement, et qui tous le ramenaient à la même interrogation : à quel point m'aime-t-il ? Cette humiliation d'un esprit prisonnier d'une obsession unique, condamné à revenir sur la même question torturante à laquelle on donnerait tout pour échapper, ce ressassement, voilà quelle est à mon sens la punition d'une possessivité à laquelle je ne pouvais échapper. L'aridité affreuse de l'amour intéressé m'était alors clairement apparue, quand loin d'être cette rupture des limites que j'appelais de toutes mes forces, l'amour au contraire vous emprisonne et vous mutile. Il n'était possible d'atteindre au détachement de soi, où j'espérais trouver une sorte de délivrance, que dans la méditation et le retrait.

Je me sentais riche d'une conquête que *rien, jamais, ne pourrait m'enlever* et qui, à mes yeux, se confondait avec la vie même. N'était-ce pas la vie que Julien m'avait donnée et son double secret, physique et spirituel ? Et chacune des étapes qu'il m'avait découvertes, et même l'absence et le retour, n'était-elle pas comme l'un des degrés de l'initiation à la vie amoureuse et au savoir qui en découle, au tremblement qu'elle exige de ceux qui entrevoient ses perspectives sans fin ? Au cours d'une éducation à la fois exaltante et douloureuse, il m'avait révélé le caractère sacré de l'amour et du désir et le pouvoir incalculable qu'ils recèlent – pouvoir de changer le monde et de rendre à la vie ce qui était mort.

Je me rappelai ce qu'il m'avait dit un jour d'un air grave : il avait fait accéder certaines femmes qu'il avait aimées à des régions d'elles-mêmes dont elles ne soupçonnaient même pas l'existence. Telle était en effet sa vocation : éveiller l'élue à la conscience, lui dispenser sa connaissance. Je comprenais le silence dont il avait entouré l'amour, et le rituel auquel il se livrait, et la violence de gestes dont l'annonce m'avait tant surprise : elle était encore une preuve de sa science du sexe et de son aptitude à le gouverner. Car si cette violence n'avait eu pour motif que le besoin d'agresser et pour but la libération de cet instinct, elle n'eût pas possédé à ce degré la précision qui en situait si exactement les effets entre la douleur et le plaisir. Elle n'eût pas été suivie de ces témoignages de tendresse qui atténuaient, à vrai dire inversaient le sens de l'agression. Mais Julien nous maintenait sur cette ligne périlleuse qui sépare l'attrait de l'obscur (auquel j'eus pourtant une nuit si grande envie de céder) et la résistance que lui oppose encore la conscience – résistance sans laquelle, régressant vers l'état primitif, nous aurions agi avec une brutalité dégradante.

Ce pouvoir d'éveiller les forces souterraines au moyen d'un geste – coup, attaque, provocation –, cette maîtrise d'un équilibre toujours remis en question, telles étaient les qualités pour lesquelles je comparais Julien à un grand prêtre, maître de cérémonie, dont il avait aussi la gravité, l'ombre de tristesse et le détachement. S'il avait côtoyé de moins près le danger, alors nous n'aurions pas connu le sentiment de l'effroi ; s'il n'avait quelque peu cédé lui-même à l'entraînement, le rituel serait resté vain – vide et extérieur. Que, dominé par ces forces, il ait un instant cessé d'exercer sa vigilance, alors nous aurions sombré, loin du cérémonial où chaque geste par le sens qu'il revêt est porté au-delà de lui-même, dans la recherche sans fin, épuisante du plaisir.

De même que, connaissant le risque de s'enliser, de se perdre dans une telle recherche, il m'avait d'une main sûre guidée au-delà, de même, instruite par son savoir et prenant à mon tour l'initiative, j'avais tenté, en recherchant ces situations où le désir doit être réfréné, réprimé, de l'accroître, de le recharger. Et, sans qu'il fût besoin d'explication, il s'était d'emblée rallié à ma proposition, se prêtant à mon manège, le poussant même plus loin que je n'avais imaginé.

À mes yeux, la scène qui s'était déroulée dans les marais revêtait un sens particulier. Nous n'avions pas cherché à renouveler l'événement par l'étrangeté du lieu où il se situa – cette extrémité des terres déjà pénétrée par la mer, ce dernier avant-poste cerné par l'océan. Néanmoins ce fut là, protégée par la nuit, que j'éprouvai avec le plus d'acuité l'un des pouvoirs singuliers de l'amour : en nous enlevant à nous-mêmes, celui de nous ouvrir au monde, de nous mêler au corps du monde où circule le même flux de vie – ce que j'avais ressenti autrefois, sur un mode différent sans doute, au cours d'étés solitaires dans les bois de mon enfance.

42. *Renoncer*

Certes, je ne percevais en Julien rien de religieux au sens étroit du terme, mais ce don qu'il avait d'être intensément vivant à chaque minute de l'existence, ce pouvoir de se recréer sans cesse au-delà de la tristesse et de l'angoisse, et qui impliquait donc l'une et l'autre, ne correspondaient-ils pas à une sorte de religion de la vie, une manière de la servir? L'amour, tel qu'il le concevait, était la voie d'accès à la vraie vie, un moyen de la célébrer, une action de grâces. Une part d'héroïsme entrait dans sa résolution fervente de le conquérir et de s'y abandonner: il luttait pour préserver en lui «l'état d'amour» et apporter aux autres, comme il le disait, «un peu de lumière» – la lumière qui lui venait d'un tel état. C'est pourquoi j'avais reconnu en Julien le célébrant d'un culte très ancien, le dépositaire d'un secret fondamental dont il avait pleinement mesuré la nature. Cette tendresse déchirée que je lisais parfois sur son visage, je l'avais reliée à la difficulté de son entreprise ou, plus exactement, à l'exigence de sa vocation.

Et il est vrai que dans mes moments d'euphorie, lorsque j'étais libérée de mon torturant besoin de lui, j'avais pensé que l'essentiel était qu'il m'aimât, que nous soyons reliés, jamais séparés et que je puisse participer en lui à la vie amoureuse, la vie-en-étatd'amour qu'il avait le génie de créer et d'entretenir. Plus le plaisir est grand et moins l'amour qu'il produit est intéressé. Pourvu que cette lumière me soit donnée, qu'importe si d'autres que moi la reçoivent aussi de lui, me disais-je dans l'élan de ma gratitude, l'important n'est-il pas que, sortant de la stagnation, de l'inertie, de la mort-dans-la vie subie pendant tant d'années, je demeure en cette légèreté dont il me fait profiter avec tant de générosité – que je demeure *en vie* ?

Parfois, le voyant épuisé par ce qu'il appelait pudiquement « ma drôle d'existence » et qui était en fait la multiplication de ses amours, avec le devoir de donner à chacune ce qu'elle attendait, je m'étais tenue à ses côtés, « fraternellement », comme il me l'avait demandé. Ne m'avait-il pas appelée à l'aide, implorant ma compassion devant la dépense d'être que représentait une nouvelle conquête, faisant au besoin entendre un gémissement arraché par une richesse récente qui était aussi un fardeau ? Il me semblait alors que nous étions tels deux prêtres servant le même dieu. Pourtant, cette identification ne durait guère : si j'aimais l'amour, j'aimais plus encore celui dont il dépendait ; bientôt le but m'était masqué puisque me faisait défaut le moyen de l'atteindre – le simple amour humain dont me manquait le témoignage, ou tout au moins un témoignage en lequel je puisse croire, c'est-à-dire l'amour exclusif de Julien pour moi.

J'avais entrevu cette vérité paradoxale que pour préserver en moi la vie amoureuse, il me faudrait d'abord y renoncer. Un jour je lui avais écrit que le besoin de dépassement était la forme même de mon amour pour lui. Et maintenant, j'allais devoir, au-delà de mes attachements particuliers, tenter d'avancer dans la direction qu'ils m'avaient découverte.

43. L'effacement

La seule gloire dont je puisse me targuer (c'en est une, tout au moins à mes yeux) fut de ne jamais tomber dans la banalité des reproches, des plaintes, des discussions vaines et sans fin, de la rancune et de la haine. À vrai dire, je voulais qu'il continue de m'aimer, comme il me l'avait promis, et que cet amour ne soit pas alourdi, abîmé par les scènes de la fin (ce désir-là fut exaucé ; pendant des années, un mot, un signe de vie et de tendresse que m'envoyait de loin en loin Julien m'en fournit la preuve). Ma seule vengeance – je l'avais longtemps méditée, car je désirais que Julien me regrette – fut de vouloir lui laisser de moi une image intacte, jamais tout à fait déchiffrable, après que je serais partie. Il m'écrivit au reste, bien des semaines après ce départ, comme s'il s'agissait là d'une découverte, «au fond, tu n'as jamais cessé de souffrir» ; ce n'était pas vrai, bien sûr, mais, pendant un instant, j'en fus enchantée, car sa curiosité tardive me prouvait que j'avais su préserver à l'amour son secret.

Certes, il est moins difficile de s'éloigner en plein triomphe que d'accepter une séparation lorsqu'elle vous est imposée. Pourtant je fus incapable de m'éloigner au moment où je l'avais décidé.

Non que Julien ait jamais exprimé le désir de me voir partir – et je crois même qu'il aurait voulu me retenir –, mais en un certain sens, je ne le quittais que contrainte par l'épuisement, à bout de forces, dans un dernier sursaut de l'instinct vital qui m'avait pourtant si souvent fait défaut, des semaines et des mois, en fait deux ans après que j'en avais pris la décision dans l'exaltation d'un jour de succès, alors que nous nous étions si totalement aimés. Toujours mes velléités de fuite se concluaient par un retour, car il suffit de mettre cette intention à exécution pour que s'évanouisse la force dont on croyait disposer et que nous apparaisse au contraire la vitalité d'un amour qui chaque fois semblait moribond. Je n'avais pas plus tôt pris la résolution de quitter Julien que son impossibilité m'était révélée en même temps que la profondeur d'un lien tissé, me semblait-il, à la racine même de l'être.

Ce que j'avais demandé à l'amour, être délivrée de moi-même, je l'avais obtenu, j'étais effectivement absente, mais vide, délestée de pensée, déchargée de mémoire, et que restait-il du sentiment de grâce qui m'avait portée au-delà des jours, que restait-il de l'amour qui m'avait emplie et occupée ? Qu'en restait-il en effet quand m'apparaissait seulement l'aridité sans bornes d'un amour sans amour dont rien ne semblait pouvoir me délivrer ? J'avais suivi sans faillir les règles que j'avais posées au départ et que m'avait inspirées notre besoin commun d'une intensité qui était en fait tension vers l'absolu. Si cette tension avait totalement occupé Julien, mon amour n'aurait pas trouvé à s'exercer et, en revanche il se serait découragé si, comme moi, Julien n'avait sans cesse repris son élan après être retombé. Et parfois, cet absolu, nous l'avions atteint.

Et maintenant, cet épuisement de l'être, l'effacement, le blanc intégral. Comme une traversée du désert. Je ne voyais plus quel son nouveau obtenir de moi, quelle pensée neuve et rafraîchissante, quel espoir inconnu entretenir sinon celui de l'oubli, que pourtant je ne désirais pas. L'amour, transformé en obsession, ne me permettait plus de voir, au-delà de la personne de Julien, le divin dont elle avait été l'interprète. La vie avait cessé de m'être sensible parce que seule m'habitait la détresse de l'absence de cet homme.

    Pouvais-je accepter une telle fin à cette histoire, sans doute banale en elle-même, mais qui, par les prolongements qu'elle donnait à l'amour, par les parentés qu'elle lui restituait, par les aperçus qu'elle m'avait ouverts, revêtait une haute signification, un fort degré de réalité ? Afin d'échapper à une stérilité qui contredisait la vocation même de cette passion, je me devais de pousser plus loin ma recherche, à l'écart du mouvement de va-et-vient qui, après avoir joué son rôle, m'avait fait souffrir : je me devais de retrouver la voie de l'amour.

44. Seule

Pour hâter le travail du temps qui amène le détachement, mais avec trop de lenteur, pour me donner une chance de me soustraire aux signes de reconnaissance que Julien m'envoyait régulièrement et qui me perturbaient toujours, je pris la résolution de quitter Paris.

Il avait continué de m'écrire. Ces lettres avaient peu à peu glissé vers la confidence sans pour autant jamais dévoiler la nouvelle aventure qui le requérait tout entier : à distance, agité par l'approche d'un sentiment neuf et déjà tourné vers un autre avenir, il me revendiquait encore, ne pouvant se résigner à me laisser aller, désireux de me communiquer à demi-mot sa découverte, de m'associer, fût-ce par ma jalousie, à ce qu'il éprouvait. Une lettre m'avait appris le dilemme vraiment « atroce » où il était, puisqu'il ne pouvait ni me parler ni se taire. Il souffrait mort et passion et, évoquant, toujours à mots voilés, à la fois son amour pour une autre et celui qu'il me conservait, il se montrait telle une victime dans l'étendue d'une confusion où, je le savais, il trouvait pourtant un regain d'énergie. Comme un chef d'orchestre, il devait contrôler la moindre note : l'affaiblissement, à plus forte raison, le silence subit d'un des instruments dont il disposait auraient définitivement compromis l'harmonie de cet ensemble complexe qu'était sa vie. Il avait donc soin d'entretenir mon attachement afin que ce lien majeur ne se relâchât pas. Et puis, même amoureux d'une autre femme, il lui fallait partager avec moi des sentiments où j'avais ma part, fortifiant son amour pour moi dans l'amour naissant qu'il avait pour elle, comme il avivait cette passion nouvelle de tout le trouble où le jetait la double nécessité de me dissimuler les choses et de me les faire imaginer.

Pourtant, je choisis ce moment pour cesser de répondre au besoin qu'il avait de moi, non que ce besoin ait cessé de me toucher, mais les exigences de Julien depuis longtemps ne me permettaient plus de rester fidèle à l'esprit de l'amour tel qu'il me l'avait révélé – esprit qui ne reposait pas sur le déchirement, mais sur la joie, sur l'épanouissement.

C'est pourquoi, après avoir mis en vente l'appartement lié à son souvenir, à l'heure si pénible où, l'ayant près de moi, je n'avais pu le rejoindre, à celle, vivifiante, où le bonheur de sa voix retrouvée avait, comme par enchantement, dissipé l'effet d'une longue solitude, à toutes ces heures où je lui avais écrit, échauffant mon amour au moyen des mots que je cherchais pour le décrire, je partis. Je partis sans fixer de date à mon retour. Après des années de présence, l'organisme officiel pour lequel je travaillais avait accepté de me laisser un an de congé. Quelques économies, que j'entretiendrais au moyen d'un article placé de temps à autre dans un journal, me permettraient de subvenir à mes besoins qui de toute façon étaient modestes. Une amie avait mis à ma disposition une maison de village qu'elle possédait dans le sud de l'Italie. C'est là que pour les semaines ou les mois à venir je décidais de m'installer.

Est-ce la beauté de ce pays, le brusque changement de décor ou la lumière qui installe le paysage dans une durée, chassant la tristesse et les fantômes, je n'étais pas plus tôt arrivée que je me sentis mieux. Ayant quitté Paris dans le froid et la grisaille d'un mois de février, j'avais accueilli comme une sorte de miracle l'afflux soudain de lumière après des mois d'obscurité et de claustration. L'air était doux, je le respirais. Chaque détail – le scintillement du soleil sur la mer le matin, les fruits brillants dans le feuillage sombre des orangers, ou l'odeur fraîche et sucrée d'un premier freesia – provoquait un plaisir qui se confondait avec celui d'être en vie. Rien n'avait plus d'importance, seule la conscience du parfum de la fleur ou de l'arbre chargé d'oranges... Ne connaissant personne, je pouvais vivre dans la réclusion que j'avais souhaitée. Je ne parlais que pour commander un repas de temps à autre ou acheter quelques provisions, faisais de longues promenades le long de la mer et peu à peu je laissais le silence se déposer en moi.

Toujours présente, l'image de Julien ne me dissimulait plus le paysage, elle ne m'occultait plus le monde. Bien loin que la séparation n'en efface les contours, cette image m'accompagnait à chaque instant de la journée et, maintenant que s'apaisait la souffrance morne des derniers mois, je pouvais revenir longuement sur chaque expression, chaque geste qui m'était familier. Je me représentais son air d'anxiété, l'attente dans son regard, et la façon qu'il avait de s'installer pour m'écouter, prêt à rire et à s'amuser des anecdotes que j'avais recueillies pour le moment où je les lui raconterais, et mille autres détails et attitudes dont je convoquais librement le souvenir et qui, chacun, me restituait dans son unité l'être que j'aimais. Cette unité, enfin je la retrouvais, telle qu'elle me parvenait autrefois, portée par une simple inflexion de sa voix entendue au téléphone, sa voix qui m'atteignait à la façon d'une certitude en regard de laquelle rien d'autre ne comptait.

Ma mémoire, délaissant les heures de jalousie, les accès de douleur et de rancune, et la lourdeur de semaines aveugles, ne retenait de notre amour que la dimension la plus haute : la joie qu'il m'avait donnée. Elle me restituait tout entière la grâce d'aimer.

Mais au lieu que l'amour se limitât à un seul individu qui éclipsait le restant du monde, condamnant ce monde à n'être qu'une toile de fond, cet état amoureux, dans ma liberté nouvelle, se communiquait aux êtres et aux choses, à tout ce que je voyais. Il colorait mes réactions et mon regard, comme si un filtre magique avait été posé sur mon œil intérieur, modifiant ma vision habituelle : je ressentais pour la totalité de ce qui existe un amour plein d'effusion.

Sans doute était-ce un être précis que j'aimais, mais cet amour, qui se passait du corps de l'autre et du soutien de sa présence, des alternances de la joie et de la déception, rayonnait bien au-delà de sa source, infusant à ce qui m'entourait une autre réalité. Parce qu'il était épuré de tout ce qui n'était pas lui, de tout ce qui, en l'incarnant, l'alourdissait, le soumettant à des besoins contradictoires et donc, à la douleur, voici que mon amour libéré éclairait toute chose. Ainsi transformé, il circulait si librement qu'à chaque instant, comme dans la vision poétique, il me révélait la beauté de l'objet regardé – que voilaient d'ordinaire l'habitude et la distraction – et la nouveauté de chaque épisode de la journée, et l'incroyable profusion du monde qui m'entourait.

Je me souviens en particulier de l'étrange altération du plaisir du goût, plaisir auquel je n'avais jusqu'alors accordé que peu d'attention. Si je goûtais un fruit, il fondait sur ma langue « comme une pensée de l'esprit qui se dissout », puisqu'une telle sensation me gagnait tout entière, affectant mon esprit autant que mon corps. Si je respirais une fleur, son parfum se répandait partout en moi, me montant, comme on le dit justement, « à la tête ». L'absorption du fruit, le parfum de la fleur étaient comme la pénétration de la vie par la voie du goût ou de l'odorat – une forme de communion avec la terre que j'aimais. Cette pénétration, pour affecter les sens, était aussi d'ordre spirituel, elle englobait l'intégralité de la personne. Et, en cela, elle me rappelait l'acte sexuel qui réalise si parfaitement dans le corps ce qu'appelle notre esprit : être pénétré – corps et âme – par celui que nous aimons. Ce besoin d'être empli de vie, comme on emplit une coupe à ras bord, il était étrange – et en quelque sorte un peu simple, presque grossier – que la configuration physique de la femme le représente si exactement. Par un vide, un trou, une absence qui est un appel. Ce besoin, il était vraiment prodigieux que notre corps nous permette si précisément de le satisfaire : que ce creux en notre centre puisse matériellement, spirituellement, être comblé, la jouissance montant au même niveau dans les canaux visibles et invisibles de l'être.

De telles pensées s'appliquant à la simple action de manger, de respirer, de voir, en faisaient comme le reflet et la prolongation de l'acte d'amour, et elles donnaient, par l'amour, une unité à ce qui autrement n'existe que fragmenté, dissocié. Et ainsi cet amour que je portais à Julien, loin de dépérir parce qu'il était privé de sa source, se développait à chaque instant dans la contemplation.

La continence, que j'avais autrefois recherchée afin d'accroître le désir, ne me pesait nullement aujourd'hui qu'elle m'était imposée. Notre rapport au paysage est érotique, je n'avais pas attendu ce jour pour le constater : les arbres et les fleurs éveillaient en moi un peu de la vitalité joyeuse, un peu du désir heureux qui s'étaient autrefois concentrés autour de la personne de Julien. Je vivais donc en état d'amour. Cet état, comme le fait la poésie, rendait au monde un éclat que j'avais parfois entrevu mais qui maintenant ne se ternissait plus.

L'envie me vint d'écrire à Julien pour lui faire part de cette découverte étonnante – révélation d'un état amoureux qui, comme tout le reste, me venait de lui. Il eût fallu, pour être tout à fait honnête, ajouter à cette lettre que mon amour se passait de lui, et même réclamait de ne pas le revoir. Mais alors pourquoi lui écrire ? Julien était en moi pour toujours, telle était la réalité à laquelle j'avais décidé de me tenir, celle qui m'avait permis, retrouvant un peu de paix, de surmonter mon sentiment de mort. Sans doute je savais que l'état de grâce aujourd'hui regagné était lui aussi éphémère et qu'il me faudrait m'efforcer de le reconquérir sans cesse, au travers des rechutes et recommencements. Mais je n'excluais pas la pensée de me diriger vers une recherche spirituelle qui m'avait toujours attirée et dont l'amour médiateur me précisait aujourd'hui la forme et le sens.

C'est parce que je sus que Julien comprendrait que je décidai de ne plus lui écrire, de ne plus le revoir. Je sus que, mieux que personne, il comprendrait la joie qui me venait de l'amour, non celle qui exigeant la présence demande compromis et silence, mais celle qui nous reste, lorsqu'au bout de toute passion l'amour s'est installé en nous.

Table

	Une amie	9
1.	*L'ennui, parfois nommé disponibilité*	14
	Un moment idéal	18
2.	*La rencontre*	20
	L'image de mon désir	27
3.	*« Le ravissement »*	28
4.	*« Je veux comprendre »*	31
5.	*« La bonne humeur du désir »*	33
6.	*« Je voyais tout de son corps, froidement »*	36
7.	*« Toutes les voluptés de la terre »*	39
	Le moi ne discourt que blessé	47
8.	*La perte de soi*	48
9.	*Éloge du vertige*	53
10.	*Écarts*	59
	L'hypnose	67
11.	*La première fois*	68
12.	*Lire*	70
13.	*Le silence*	75
	Je t'aime	81
14.	*L'Expérience intérieure*	82
15.	*« Et dans la volupté, je languis de désir »*	86
	Le sentiment, sujet tabou	102
16.	*La figure du triangle*	104
17.	*« Comblement »*	111

18. *La présence*	116
«Les signes verbaux auront à charge de taire...»	120
19. *Assujettissement*	121
20. *La tyrannie ou l'oblation*	128
«La circonscription des plaisirs»	132
21. *Déréalité*	134
Désir de l'être absent et désir de l'être présent	138
22. *Étirement*	139
De l'utilité d'aimer	142
23. *« Je me plonge et m'abîme »*	143
24. *Idée de solution*	147
Stratégie	152
25. *« L'enthousiasme de vertu »*	153
Gagner	156
26. *L'heure de plomb*	157
27. *Revirement*	159
28. *Angoisse*	163
Une poupée gonflable	170
29. *Séduction*	171
La jalousie	178
30. *Chasteté*	179
31. *Affirmation : l'amour comme valeur*	186
32. *L'autre est mon savoir*	189
L'amour sans fin	194
33. *Aimer et être amoureux*	195
34. *Attente*	199
35. *Souffrir*	204
36. *Agression*	207
37. *Issues*	211
Donner	218
38. *Anesthésie*	220
39. *Les lettres*	225
40. *Alternances*	231
41. *Fuir*	238

42.	Renoncer	242
43.	*L'effacement*	244
44.	*Seule*	247

IMPRESSION : BRODARD ET TAUPIN À LA FLÈCHE
DÉPÔT LÉGAL : NOVEMBRE 2004. N° 68532-2 (45270)
IMPRIMÉ EN FRANCE